Diogenes Taschenbuch 20282

Urs Widmer

Die Forschungsreise

Ein Abenteuerroman

Diogenes

Die Erstausgabe erschien
1974 im Diogenes Verlag
Umschlagillustration: Josef Wright,
›Höhle am Abend‹, 1774
(Ausschnitt)

Veröffentlicht als Diogenes Taschenbuch, 1976
Alle Rechte vorbehalten
Copyright © 1974
Diogenes Verlag AG Zürich
60/90/29/3
ISBN 3 257 20282 2

I

Ich bin in meinem Zimmer, es ist still, und ich räuspere mich. Ich kauere hinter den Vorhängen der Glastür, vor der der Balkon ist. Ich bewege mich nicht. Ich atme langsam. Ich starre auf die Eisblumen an der Fensterscheibe. Plötzlich hauche ich ein Loch hinein. Ich presse mein Auge auf das Loch. Mit meinen weit aufgerissenen Augen, durch meine Tränen hindurch sehe ich die Hausdächer, auf denen weißer Rauhreif liegt. Ich reibe mir mit der flachen Hand über den Magen. Ich schiebe den Vorhang langsam beiseite und luge durch den Spalt am Scheibenrand, auf die Straße, in der ein starrer Eismatsch liegt. Staubwolken stehen vor der Sonne, und in die Berge, die ich am Horizont zu erkennen glaube, schlagen Blitze. »Na ja«, sage ich vor mich hin, ich huste, dann sehe ich, daß das Guckloch schon wieder zugefroren ist. »Also, Blumen werden sie mir sicher nicht streuen auf meiner Expedition«, murmle ich. Ich drehe mich um. Ich blinzle. Durch den Schleier vor meinen Augen sehe ich meine Wissenschaftsinstrumente, den Zeichentisch mit dem Millimeterpapier, das Streusalz zum die Tinte trocknen, den Klebestift, den Haftspray, den Rechenschieber, die Sanduhr, das Fernrohr, dann die Planetenkarte, den Theodoliten, die Uhr mit der Weltzeit für Frankfurt, Tokio und Pontresina, das Pauspapier, den Vergrößerungsapparat, die Tusche und den Zirkel und die Logarithmentafel. Ich rülpse. Ich wische mir mit meinem zerschneuzten Taschentuch die Brille sauber. Ich höre, daß das Telefon klingelt. »Rrrr«, sage ich, meine Augenlider zucken, und ich spüre, daß meine Unterlippe bebt. Mit einem Ruck reiße ich das Kabel aus der Buchse. »Es ist düster in meinem Zimmer«, brumme ich und schalte die Taschenlampe ein. Ich schirme den Lichtkegel mit dem Körper ab. Ich richte das Licht auf die Karte mit dem dicken geraden Strich aus Filzstift, ich starre auf den Weg: die grüngelbe Ebene, die Landesgrenze, den Fluß, die Hügel, die Felsen, die Eise, die Gipfelschründe. Mit der Lupe prüfe ich die Schraffur auf dem Kartenblatt. Ich schnüffle. »Andere haben es auch geschafft, soviel ich weiß«, sage ich laut und blicke von meinen Berechnungen auf. »Sie gehen auf, bis auf einen kleinen Rest.« Ich schlage die Faust auf den Tisch, daß die Tuschflaschen nur so herumspritzen. »Scott und Livingstone und Parry und Hillary sind auch eines Tages losgegangen, sie wußten auch nicht genau, bei wieviel Grad flüssiges Vitamin C einfriert.« Ich setze mich auf den Holzhocker und tippe die Berechnungsgrundlagen ein letztes Mal in den Elektrorechner. Er rattert. Zitternd reiße ich den Papierstreifen mit dem rot gedruckten Resultat ab. Ich unterstreiche die Zahl, die mir sehr hoch vorkommt, mit meiner Spitzfeder doppelt. Ich sehe sie mir lange an. Dann lösche ich die Taschenlampe aus, ich atme tief, im dämmrigen Licht meines Zimmers. Überall stehen Bücher auf den Regalen. Ich sehe mir das Foto von den Forschern an, die Arm in Arm vor einer Holzhütte auf einer Waldlichtung stehen. Sie haben Bärte und Spitzhacken. »Der Pol, die Quellen des Nils, die höchsten Berge dieser Erde, der Mond, das sind schon Ziele, für die es sich lohnt, ein Paar Bergschuhe zu kaufen«, murmle ich. Mein Herz klopft. Ich reibe mich an der Nase. Ich vergleiche meine Uhren, die Sanduhr, die Sonnenuhr, den Küchenwecker. Ich schüttle sie und halte sie ans Ohr. »Vielleicht ist es doch dieses verdammte Klima«, sage ich dann heftig, »die Zeitungen sind ja voll davon.« Dann mache ich mich daran, die Ausrüstungsgegenstände auf meiner Materialliste abzuhaken: den Jägerhut aus grünem Filz, den Tropenhelm für die Wüstenhitze, den Sextanten, die Wasserflasche, die staubdichte Uhr, die Paßfotos, auf denen beide Ohren sichtbar sind, die Taschenapotheke, den Windmesser, der bis Stärke 12 ablesbar ist, das Kartographiermaterial, den Kompaß mit dem rotbemalten, nach Süden weisenden stumpfen Ende der Nadel, den Eispickel, das Gletscherseil, die Machete, den Walkie Talkie für die Notrufe, die Leichtgasflasche und die Ballone für die dringenden Nachrichten, die Pelzschuhe, den Metakocher, das Fotoalbum mit den Erinnerungen, den Traubenzucker, das Serum gegen Vipernbisse, den Sonnenschirm, die getrockneten Pflaumen gegen das Verdursten, die Kurzskis, die Brille mit den gefärbten Gläsern, das Taschenmikroskop, die Asbesthandschuhe, die Glasperlen für allfällige Eingeborene, den Plan, das Wörterbuch, die Masken und die Schminke, die kurzen Hosen, die heizbaren Wollsocken mit den Batterien, die doppelläufige Flinte und die Patronen, das Bonzo Felix für Schlittenhunde, die rotweißkarierte Ärmelschürze, den Gesichtsknet und das Einmannzelt aus Fallschirmseide. Ich wäge alles auf meiner alten Kofferwaage. Ich schichte alle Gewichtsteine in die Gewichtsteinschale, bis sich der Zeiger bewegt. »Es wird schon gehen«, sage ich dann, »ich bin ja kräftig, Gott sei Dank.« Ich schnaufe. Ich streiche mir mit dem Handrücken über die Stirn, auf der Schweißperlen stehen. Die Röhren der Zentralheizung knacken. »Daß der Fußboden so zittert, das kommt von den Autos, die draußen vorbeifahren«, sage ich. Ich renne in die Küche und mache mir ein Vitamin C. Ich sehe in den Spiegel, auf meine gescheitelten Haare, die Denkfalten, die Lachrunzeln, das spiegelglatte Kinn. »Soll ich ein sehr heißes Abschiedsbad nehmen«, murmle ich, »oder soll ich gleich aufbrechen?« Ich fahre mir mit der Bürste durch die Haare. »Stanley ahnte, daß Livingstone hinter den Bergen an seinem See saß, ganz allein, ohne Frau, zufrieden«, sage ich. Ich öffne den Wasserhahn der Badewanne, mit dem Handrücken prüfe ich die Wassertemperatur, dann renne ich durch den Korridor. Ich reiße mir das weiße Hemd, die Krawatte, die stahlblauen Hosen mit den Bügelfalten vom Leib. Ich trample darauf herum. In aller Eile ziehe ich die Forscherkleider an, die ich vorbereitet habe: die wollenen Schottensocken, die Kletterhose aus Manchestersamt, den dicken Norwegerpullover und den wasserdichten, unbrennbaren, unzerreißbaren Anorak. Ich hänge mir die Patronentasche um, die mit den Geschossen, dem Notvorrat und den Mentholzigaretten gefüllt ist. Ich befestige die Botanisiertrommel am Gürtel und die Kartentaschen am Brustriemen. Dann setze ich den Hut aus grünem Filz auf, ich greife nach oben, um zu fühlen, ob die Feder richtig steht. Grinsend, mit einem heißen Gefühl in der Brust schnüre ich die Kletterschuhe zu. Mit nach vorn gestreckten Armen mache ich ein paar Kniebeugen, dann messe ich mir den Puls. Ich schaue auf meine Stoppuhr. »Na also«, sage ich, »ich bin überhaupt nicht aufgeregt.« Schmunzelnd streiche ich mir den Ruß ins Gesicht und knete mir den Knet über die Nase. Ich ziehe die Schubertbrille an und schaue in den Taschenspiegel. Dann stelle ich schnell den Polaroidfotoapparat auf den Hocker, drücke auf den Selbstauslöser, stelle mich hin, reiße, nach dem Blitz, den Filzstreifen aus der Kassette, zähle auf fünfzehn und löse das Bild vom Negativ ab. »Nicht einmal meine eigene Mutter würde mich so erkennen«, murmle ich, nachdem ich das Bild lange analysiert habe. »Ich bin gleich wieder zurück«, schreibe ich auf die Rückseite. Dann lege ich den Abschiedsbrief in die Mitte des Zimmers, auf den Teppich. Ich schnaufe. Ich öffne die Terrassentür einen Spalt breit, langsam, vorsichtig. Die Sonne fällt mir ins Gesicht. Ich zucke zusammen. Weiße Wolken kommen aus meinem Mund. Ich kauere mich hinter die Brüstung der Terrasse und luge auf die Straße hinab. »Ich muß mich jetzt einfach nur ganz unauffällig benehmen, wie alle andern Menschen«, flüstere ich. Ich sehe im Taschenspiegel, der sich von meinem Atem sofort beschlägt, daß meine Zunge weiß ist. Ein leiser Wind weht. Ich mache einen Finger naß und halte ihn in die Luft. »Jeder

Forscher schleicht seit eh und je das Ziel gegen den Wind an«, murmle ich. Ich höre die Autos und blicke über die Brüstung. Im Dunst der Sonne sehe ich den Feuerschein der Chemiewerke, und dahinter den tiefblauen Himmel über der Ebene. Ich zerre den Rucksack durch die Terrassentür. Ich starre auf den Abschiedsbrief. Ich fahre mit dem Handrücken über die Augen. »Will es mir jetzt schier das Herz zerreißen, oder freue ich mich unbändig?« zische ich. Dann drehe ich mich um, auf dem Kompaß an meinem Handgelenk kontrolliere ich die Himmelsrichtung. »Ich muß dahin, wo die Nadel nicht hin zeigt«, sage ich [1], »auch die

---

[1] Ich wähle die 0046 476 und dann weiter 12345, bis es klingelt im hohen Norden. Good evening, sage ich, weil alle Schweden englisch können. Aber mein Gesprächspartner sagt nur etwas wie Smörrebörörd. Er hat eine Stimme wie ein nordischer Alpöhi. Vor seinem Haus wachsen die Birken im Moor, es ist kühl und abendblau, er steht im kargen Korridor mit seinem Bauernkittel und dreht an der Kurbel seines Fernsprechers. Die Drähte, durch die seine und meine Stimme müssen, sind für nordische Konsonanten gebohrt, nicht für alemannische. Die Drähte tanzen wie wild. Die Vögel kriechen krächzend am Boden herum. Es wird regnen, sagt Bodil, denn von Vögeln versteht sie etwas. Der Alpöhi sagt zu seiner Tochter, die jetzt neben ihm im kalten Korridor steht, es

Polynesier saßen auf ihren Flößen aus Balsaholz im Stillen Ozean und starrten auf den Großen Bären.« Ich präge mir die Silhouette des höchsten Bergs des Gebirgs am fernen Horizont ein. Mein Herz schlägt. Ich stülpe mir die schwarze Halbmaske über die Augen und öle mir die Hände ein. Ich halte sie waagrecht vor mich hin. »Sie zittern nicht«, sage ich. Ich richte mich mit einem Ruck

ist zum Verzweifeln, ich kann meinen Gesprächspartner aus dem Süden nicht verstehen. Er ist der Förster von Frankfurt, aber sein Anliegen ist mir nicht klar. Laß mich einmal dran, sagt Bodil. Gleich geht es besser, denn Bodil kann mehr als nur Smörreböröd.
I shall wait for you, my beloved, sagt sie zu mir. Ich starte meinen Doppeldecker in der Feldbergstraße und steige in den Abendhimmel. Jetzt fällt die untergehende Sonne auf mich. Der Wind fegt um meinen Kopf. Ich singe laut. Im Rhein-Main-Center starren die Flugsicherungsbeamten fassungslos auf den Radarschirm, sie gestikulieren mit den Armen und warnen ihre PANAMs und AUAS. Mein Motor knattert. Ich habe ein paar Fehlzündungen über Weimar. Schon sehe ich Malmö. Jetzt sind es nur noch siebenhundert Kilometer nach Norden, die Mitternachtssonne leuchtet mir den Weg. Um 1 Uhr 23 lande ich im Moor, das ich für eine Wiese halte. Der Alpöhi und Bodil ziehen mich aus dem Dreck. Sie lachen, und wir gehen ins Haus. Bodil hat eingeheizt, und der Alpöhi begleitet mich höflich auf den Abtritt, obwohl er zehn Minuten vor meiner Landung grad schon war. Wir trinken Grog und Aquavit und erzählen uns

auf. Ich stehe unbeweglich. »Von unten, aus einem vorbeifahrenden Auto, bin ich als ein schwarzer Schatten erkennbar, wenn überhaupt«, murmle ich. Ich schlüpfe in die Rucksackriemen und stemme den Rucksack hoch. Ich pendle das Gewicht mit breitgestellten Beinen aus. »Der Rucksack sitzt natürlich wie angegossen«, sage ich, »das ist wichtig, im Dschungel, im Eis.« Ich lausche mit klopfendem Herzen, ob einer der Passanten unten auf der Straße auf das Klirren des Eßbestecks in der Gamelle aufmerksam geworden ist. Dann knote ich blitzschnell das Seil an der Brüstung fest, mit dem hundertmal geübten Griff hänge ich den Mehrzweckspaten an den Gürtel. Ich habe mir das oft vorgestellt! Ich weiß genau, was ich tue! Nachdem ich heftig am Seil geruckt habe, schwinge ich mich über das Geländer. Weinend schwebe ich hinab, mit gespreizten

von unseren Leben, ich von den Murmeltieren, der nordische Alpöhi und Bodil von den Rentieren und Eisbären. Nachher, im eiskalten Bett, sage ich zu Bodil, weißt du was, ich habe ja keinen Tropfen Benzin mehr im Tank. Da mußt du wohl für immer bei mir in Älmhult bleiben, lächelt Bodil verschmitzt, wir werden viele Kinder haben, mit Beinen wie Rentiere, Ohren wie Eisbären und Augen wie Murmeltiere.

Beinen. Unten werfe ich mich ins feuchte Laub des Vorgartens. Keuchend sehe ich, hinter der brusthohen Mauer im Gras liegend, am Haus hoch. ›Das herunterhängende Seil, das ich in der Farbe der Hauswand eingefärbt habe, ist kaum zu sehen, wie geplant‹, denke ich. Mit einem Ruck löse ich den Knoten, das Seil fällt herunter, ich rolle es auf und binde es auf den Rucksack. Ich blicke durch die staubigen Zweige des Gebüschs nach oben, in die kalte Sonne, die direkt über mir steht. Ich luge auf die Straße. Ich mache meinen Käuzchenruf. Ich lausche. Dann schnelle ich hoch, klettere blitzschnell über das Geländer, husche über die Straße, bis in den Schatten des Hauses gegenüber. Ich keuche. Geduckt schleiche ich der Hausmauer entlang. »Es ist gut, daß ich die Schuhe mit Stofflappen umwickelt habe«, murmle ich, »aber diese verdammte Botanisierbüchse klappert.« Ich stopfe den Filzhut hinein, samt der Feder. Ich schüttle sie. »Jetzt ist es unmöglich, daß die Leute mich sehen«, sage ich dann. Ich husche vorwärts. Ich presse mich an einen Gartenzaun. ›Später dann sammle ich unbekannte Pflanzen‹, denke ich, ›zum Beispiel den

Hauswurz.‹ Ich sehe die Wolken, die mein Atem macht. Ich zittere. Ich gehe schnell weiter. Ich halte mich im Schatten der Buschhecken vor den Villen. ›Ich weiß, daß Livingstone sich nie an die Geräusche in seinem Haus und in seiner Straße gewöhnen konnte oder wollte‹, denke ich [2], ›darum ist er ja zu den Quellen des Nils.‹ Ich atme. ›Wird mir jetzt schlecht, oder ist das die

---

[2] Zuerst traue ich meinen Ohren nicht, aber das ist kein Radio, keine Television, keine Kassette, keine Halluzination. Es ist ein vierhändiges Klavierspielen, das durch mein Fenster dringt. Ich kann es kaum glauben. Ich gehe auf die Terrasse, aber wenn die wehenden Akkorde auch manchmal vom vorbeidonnernden Linienbus verdeckt werden, es besteht kein Zweifel, sie kommen aus der Myliusstraße, aus dieser Villa, aus diesem Fenster. Es ist Abend. Ein lauer Herbstwind bläst durchs Laub. Jetzt bleiben auch schon ein paar Männer stehen. Sie sehen sich an, dieses Geperle erinnert sie an etwas, wie auch mich. Ich springe auf, plötzlich habe ich das Gefühl, ich darf keinen Ton verpassen. Ich stürze die Treppe hinab, in meinen Haushosen, in der Joppe, in den Pantoffeln. Tatsächlich, die Töne kommen aus der sandsteinigen Villa mit dem Garten, mit den herrlichen Bäumen. Das Fenster ist offen, und nun höre ich alles sehr gut. Während die Passanten diskutieren, ob es statthaft ist, daß so ein Lärm gemacht wird nach Einbruch der Dunkelheit, klettere ich über den niederen Zaun und schleiche durch den Garten. Natürlich, Leute wie sie und er halten sich keinen Hund, und wenn, dann einen

Vorfreude?‹ denke ich. Der Wind fährt in die Blätter der Alleebäume über mir. Durch die Äste, an denen weiße Eisbärte hängen, dringt das Licht der Sonne. Ich schleiche. Mit kaum geöffneten Augen, langsam, unmerklich, rücke ich bis zum Selbstbedienungsladen vor. Ich werfe mich hinter einen Stapel Kisten. Ich sehe durch die Ritzen, wie Autos durch die breite Allee fahren. Ihre

stummen, lieben. Ich kann sie mir eher mit einem Goldfisch vorstellen, einem Kakadu, einer Elster. Ich gehe ums Haus herum. Die Küchentür, die ich über eine kleine Veranda erreiche, ist nur angelehnt. Leise drücke ich sie auf. Sie knarrt. Jetzt höre ich das Piano wieder, sie sind jetzt im langsamen Satz, im Adagio. Er spielt die Bässe, das ist kein Zweifel, sie ist oben. Sie sind beide noch unheimlich in Form. Mein Herz klopft. Ich drehe das Licht an in der Küche, wer hätte das gedacht, daß sie so modern ausgerüstet sind, mit Kaffeemaschine, Fleischwolf und Eieruhr. Als ich die schwarzen Beinkleider und den Sakko über dem Stuhl liegen sehe, zögere ich keinen Augenblick. Schon bin ich in der Hose drin, sie ist mir nur wenig zu groß, sie verdeckt meine Pantoffeln. Grad will ich mir auch noch das Frackhemd anziehen, da geht die Tür auf und ein eleganter Herr tritt ein.
Ohh, sagt er, verzeihen Sie. Er bleibt unter der Tür stehen und starrt mich an.
Ich, ich bin der neue Diener, stottere ich. Da aber sehe ich, daß ich ihn kenne. Er hat einen flackernden Blick, er sieht mich durchdringend an, er schließt die Tür hin-

Reifen donnern. ›Auf diese Weise sehen mich die unzähligen Passanten nicht‹, denke ich. Die Luft ist kalt. Hastig binde ich die Schutzmaske aus Gaze vor den Mund. »Ich darf mich nicht durch meine Atemwolken verraten«, murmle ich, mit einem fiebrigen Kopf, »Scotts Karawane wurde von den feindlichen Eskimos über Kilometer hinweg an den Kondenswolken erkannt.« Ich prüfe,

ter sich und legt den Finger an den gespitzten Mund. Psst, sagt er, ich will Ihnen ein schreckliches Geheimnis enthüllen. In meinem Kopf, sagt er und deutet mit den Fingern auf seine Stirn, ist immer ein Ton, immer derselbe, tüü. Hören Sie.
Ich lausche, während er mir seinen Kopf hinhält, aber ich höre über ihn hinweg nur die beiden, wie sie sich immer mehr, jetzt mit einem Allegro, einem Presto annähern.
Ja, sagt er, es ist schrecklich, hören Sie. Es ist schon lange so. Plötzlich eines Nachts ist es gekommen. Klara, habe ich geschrien, Klara, hörst du diesen Ton? Diesen gräßlichen, schmerzenden, unaufhörlichen Ton?? Aber Klara hört nichts. Sie spielt mit Franz. Die Musik, die ich durch den Schleier meines Tones höre, ist nicht von mir, ich weiß es, ich weiß es genau.
Er streicht sich die Haare aus der Stirn. Er sieht müde aus. Er trägt einen Abendanzug, der vorne offen ist, er ist verschwitzt und hat ein rotes Gesicht. Seit Jahren, schreit er plötzlich sehr laut, schreibe ich an meiner Synfonie, aber es fällt mir immer nur dieser eine Ton ein.
Ich nicke. Ich ergreife ein Tablett. Ja, sage ich, ich sehe

ob die Schaumgummipolster an den Ellbogen richtig sitzen. Dann gehe ich mit schnellen Schritten zum Kanalisationsdeckel in der Mitte des Trottoirs. Ich schaue weder rechts noch links und ramme den spitzen Teil des Eispickels ins Griffloch. Ich stemme das Knie unter den Griff. Ich ächze. Mit einem heftigen Schwung wuchte ich den Deckel hoch, mit den Händen schiebe ich ihn

mich nun veranlaßt, meinen Dienerpflichten nachzukommen und den Herrschaften eine Erfrischung darzureichen.
Geh er, geh er nur, murmelt der Komponist. Einsam bricht er auf dem Küchenstuhl zusammen. Seine Hand krampft sich in eine Zitrone. Leise ziehe ich die Tür hinter mir zu.
Die Musik ist nun sehr laut. Sie ist ein Prestissimo. Ich schleiche über die Teppiche des Vorraums. Ich darf nicht gesehen werden. Hinter dieser Tür, hinter diesem Vorhang müssen sie sein. Was für Töne! Welche Glut des Vortrags! Meine Finger beben, als sie den Samt des uralten Vorhangs berühren. Wie laut die Musik nun ist! Ich schiebe den Vorhang um einen Spalt zurück. Das, was ich sehe, übertrifft meine Erwartungen noch. Es ist ein eleganter Salon. Die Musik donnert nun con fuoco, und überall liegen die Kleidungsstücke von Franz und Klara, die Überröcke, die Unterröcke, die Krinolinen, die Spitzenhosen, die Frackschöße, die Zylinderhüte, die Sockenhalter, die Ruderleibchen, die Sonnenschirme, die Blumenhüte, die Handschuhe. Der Flügel ist schwarz und offen, und die Tasten tanzen wie wild, in einem hef-

so weit beiseite, daß eine Öffnung entsteht, durch die ich in den Schacht einsteigen kann. Ich lasse den Rucksack an der vorbereiteten Schnur in den Schacht hinuntergleiten. Ich horche in das schwarze Loch hinab. Ich fröstle, am Dolenrand hockend. Als ich kurz aufblicke, sehe ich die Beine der Passanten, die an mir vorbeigehen. ›Ich muß mich einfach so selbstverständlich beneh-

tigsten Furioso, in der wildesten Appassionata, die Franz und Klara jemals improvisiert haben. Klara macht jetzt nur noch wenige Töne, und sie spielt jetzt unten. Ich sehe sie. Wie sie wogen! Wie sie spielen! Kein Wunder, daß die Leute sich zusammenscharen auf der Straße. Auch ich bin ganz naß vor Aufregung. So etwas Herrliches erlebe ich nicht alle Tage.
Dann, als das Musikstück vorbei ist, betrete ich mutig den Raum. Ich bin, sage ich mit einer artigen Verbeugung, der neue Herr Diener, der von dem in der Küche sitzenden einsamen Komponisten eingestellte. Ach, der Robert, sagt Frau Klara, die keuchend auf dem Teppich liegt, lächelnd zu Herrn Franz, was er immer wieder anstellt. Nun, sagt sie dann zu mir gewandt, helfe er mir beim In-die-Kleider-Kommen. Ich mache mich an die Arbeit. Ich husche durch den Raum, ich stelle mich immer so, daß man weder meine roten Filzpantoffeln sieht, noch, daß die Ärmel viel zu lang sind. Klara legt sinnend das Tastenschutztuch auf die Tasten. Langsam klappt sie den Flügeldeckel hinab. Franz ist in der Zwischenzeit damit beschäftigt, das eben gespielte Stück, das auch ihn herrlich wie nie gedünkt hat, zu notieren,

men, daß ich niemandem auffalle‹, denke ich. Mein Kopf ist heiß. Schnell steige ich die Metalleiter des Schachts hinunter und ziehe, nachdem auch mein Kopf vom Erdboden verschwunden ist, den Deckel über mir zu. Ich keuche. Ich taste mich in der Dunkelheit nach unten, auf der phosphoreszierenden Skala des Kompasses kontrolliere ich die Marschrichtung. »Ich darf keinen Fingerbreit vom geraden Weg abweichen«, sage ich, und meine Stimme dröhnt. Ich schalte die Blendlaterne auf meinem Forscherhelm an. Sie beleuchtet den Korridor vor mir taghell, ich sehe, daß ich in einem Schlamm stehe. Die Luft ist stickig. Ich notiere die Werte des Hydrometers, dessen Nadel wie wild ausschlägt. »Na sowas!« sage ich, klappe das Logbuch zu und stecke es in die handgeschneiderte Tasche aus Segeltuch, die

für einen etwaigen vierhändigen öffentlichen Vortrag. Meinst du, wir können das tun, sagt Klara und schaut Franz an. Franz brummelt. Dann setzt er sich, mit der notdürftig gebundenen Frackschleife, ans Glastischchen. Ich schenke ihm einen Schnaps ein. Er zündet sich eine Zigarre an. Klara lächelt. Ihr Franz ist schon ein unglaublicher Virtuose, der größte seiner Zeit vielleicht. Er kommt nicht oft in ihr Haus, in ihren Salon, an ihr Klavier, aber wenn, dann kracht es in den Bässen.

an meinem Gürtel hängt. Ich ziehe meinen Rucksack an. Ich gehe los, durch den Schlamm. ›Wie vorgesehen hat der schmale feuchte Gang genau die Breite meines Gepäcks‹, denke ich, ›Stanley zum Beispiel kam deshalb so langsam voran, weil er mit seinen Fotoutensilien immer wieder in den Lianen des Dschungels hängenblieb.‹ Der Boden ist glitschig. Ich halte mir mit der linken Hand die Nase zu und atme durch den Mund. Das Rucksacktuch streift über die Tunnelwände. »In diesen Korridor hat seit Menschengedenken niemand den Fuß hineingesetzt«, sage ich. Von der Rolle an meinem Handgelenk lasse ich die Lawinenschnur abrollen, für alle Fälle. Ich stütze mich mit den Händen rechts und links ab. Die Nagelschuhe glucksen im Morast. Spinnweben streifen mein Gesicht. »Das hätte ich mir nicht gedacht«, sage ich, »daß ich wirklich einmal in einen wirklichen unterirdischen Gang komme, wie ein Höhlenforscher oder ein Agent.« Ich niese. »Ja verdammt noch mal«, sage ich dann leise, »sind das jetzt Fledermäuse oder Ratten?« Ich stampfe heftig auf den Boden, das Wasser spritzt mir an die Beine. Ich höre ein Rauschen in den

Ohren. Ich komme zu einer Metalleiter, die nach oben führt, hastig rolle ich die Lawinenschnur wieder ein. Sie ist zerfetzt. Mit klopfendem Herzen lausche ich in den Korridor hinein. »Je nun«, sage ich schließlich, »es muß auch solcher Gattung Tiere geben.« Ich sehe mir, mit stockendem Atem, das zerfaserte Ende der Schnur an. »Mit solchen Zähnen kann man einen Kinderarm vom Rumpf trennen, mit einem Biss«, flüstere ich. Ich sehe in den schwarzen Ausstiegsschacht hoch. »Wenn ich die unter dem Kanalisationsdeckel hängende Fledermaustraube verscheuche, patschen mir die Tiere gegen Körper und Gesicht, auf ihrer Flucht«, sage ich. Ich räuspere mich. Dann steige ich los. Ich klettere langsam, regelmäßig die Sprossen hoch. Das Metall liegt kalt in meinen Händen. »Ich weiß schon«, schreie ich, unter dem Eisendeckel stehend, »warum ich kein Tierfreund bin.« Das Echo meiner Stimme dröhnt minutenlang durch das Kanalisationssystem.

Ich stemme meine Handflächen gegen das Metall. Ich stehe auf einem glitschigen Metallbügel und lehne mich mit meinem Rucksack gegen die Schachtwand. Meine Adern schwellen an, dann schiebe ich den Deckel mit einem wilden Ruck über den Lochrand. Ich blinzle ins Sonnenlicht. »Es ist ein Wahnsinn, was ich da mache«, sage ich. Ich schalte die Blendlaterne aus. Ich luge vorsichtig aus dem Loch, hinter einem Kastanienast aus Plastic, den ich mir vors Gesicht halte. Ich sehe Autos, ferne Passanten, den Kistenstapel jenseits der Straße. »Das hätten wir geschafft«, sage ich aufatmend, klettere aus dem Loch und renne in den Schatten des Gartencafés. Ich kauere hinter den Büschen, auf denen grauer Staub liegt, und schaue auf das Haus zurück. ›Hat jemand die Terrassentür bewegt?‹ denke ich. Mein Herz klopft. Ich winke. Ich fasse mich an den Hals. »Was ich tue, ist völlig legitim«, schreie ich. »Ich erinnere mich, Stanley hatte jahrelang ein Gefühl, als würde ihm jemand etwas in den Rücken bohren. Erst Livingstone sagte ihm, daß es ein Unsinn war.« Mit fahrigen Bewegungen suche ich in der Taschenapotheke, die in der Außentasche des Rucksacks steckt, nach den Asthmatabletten. Ich nehme eine in den Mund, mit verzerrtem Gesicht öffne ich den Verschluß der Feldflasche. Ich schlucke. Ich lächle. »Wie lange schon habe ich keinen Himbeersirup mehr getrunken«, murmle ich, »kaum je eigentlich.« Ich drehe die Sanduhr an meinem Gürtel um. Geduckt springe ich von Auto zu Auto. »Nicht nur die Deckung ist wichtig beim panischen Davonschleichen«, murmle ich, hinter einem Auto kauernd, »auch, ob man einen Tarnanzug in den richtigen Farben trägt.« Gebückt gehe ich an Bankenhochhäusern, Bauzäunen, großen farbigen Reklamen, am altmodischen Postamt, an einer Pizzeria vorbei. »Eigentlich darf man sich beim Schleichen nur auf den zehn Fingerspitzen halten«, sage ich. Hinter einer Ulme verborgen schaue ich über einen weiten Platz, in dessen Mitte ein Kiosk steht. Ich lächle. ›Ich lächle diabolisch‹, denke ich. Ich werfe eine Handvoll Kieselsteine gegen eine Hauswand. Während die Passanten verwundert nach dem seltsamen Geräusch starren, renne ich, mit meinem scheppernden Rucksack, über den Platz, bis zur Rückseite des Kiosk. Ich presse mich gegen die Bretter. Ich atme heftig. »Sogar die kühnsten Abenteurer finden sich hin und wieder im Kleiderschrank ihrer Geliebten wieder«, murmle ich. Ich höre die Stimmen der Kioskkunden auf der andern Seite des Verstecks. Ich wage kaum zu atmen. Prüfend blicke ich nach vorn, über die Straße, dann starre ich auf den Kompaß, den Höhenmesser und den Windmesser. Ich rechne die notwendige Geschwindigkeit meines Spurts aus, bis zum schattigen Eingang eines kleinen Hotels. Mädchen mit Handtaschen gehen auf und ab. »Nie habe ich gehört, daß Forscher sich Frauen auf ihre Reisen mitgenommen haben, ganz im Gegenteil«, sage ich. Jetzt spurte ich los. Das Mehrzweckwerkzeug schlägt gegen meinen Oberschenkel. Mit heftigen Sprüngen erreiche ich das Hotel, wie ein Wiesel husche ich weiter. Ich werfe mich in die dunkle Einfahrt eines Parkhauses. »Falls mich diese Mädchen gesehen haben, denken sie, da ist aber ein merkwürdiger Kunde vorbeigerannt«, sage ich. »Sie interessieren sich sicher nicht für mich.« Ich hocke mich auf den kalten Zement, nestle an den Riemen der großen Rucksackaußentasche, ziehe die Perücke aus echten blonden Schwedenhaaren hervor und stülpe sie mir über. Vorsichtig schaue ich dann auf die Straße, auf der ein blasses Sonnenlicht liegt. »Als Livingstone durch ein Gebiet von

Menschenfressern mußte, nähte er seine ganze Expedition in Zebrahäute ein«, brumme ich, »auf allen vieren gingen sie zwischen den fletschenden Negern hindurch.« Der Wind weht schmutzige Papiere vorbei, Staub wirbelt auf. Geduckt gehe ich bis zu den aufgestapelten Tischen eines Terrassenrestaurants. Ich sehe mich dauernd um. Ich halte meine Jagdwaffe griffbereit, ich spüre, daß meine trockene Zunge am Gaumen klebt. Als ich sehe, daß die Ampel von rot nach grün wechselt, spurte ich los. Ich renne, mit meinen Stachelschuhen, neben einem Lastwagen her, im schwarzen Abgasqualm. Hustend breche ich auf der andern Straßenseite im Hof eines Pelzgroßhändlers zusammen. »Außer dem südländischen Fahrer, der in den Seitenspiegel geschaut hat, kann mich kein Mensch gesehen haben«, sage ich, nach Luft ringend, auf einem Haufen Häute sitzend. »Was für ein Irrsinn!« flüstere ich. Wie in ferne Träume versunken wische ich mir mit einem in Terpentin getränkten Wattebausch die Tarnfarbe vom Gesicht. Ich schiebe das asphaltgraue Tarnnetz, das ich über dem Rucksack getragen habe, zwischen die Schafshäute. Dann nehme ich die Schere aus dem Instrumentenetui und schneide aus einem weißen Fell einen Kälteschutz. Ich stecke den Kopf durch das Loch. Das Fell stinkt. »Auf einer Reise wie dieser muß man auch angesichts der größten Gefahren die Ruhe bewahren«, brumme ich, »wie zum Beispiel Stanley, als über den Victoriafällen das Sicherungsseil der Seilbrücke riß.« Ich spucke aus. Klirrend zerspringt der Eis gewordene Speichel auf der Metallplatte der Pelzwaage. »Parry marschierte drei Monate lang über das Packeis«, sage ich, »schließlich war er 60 Meilen weit gekommen, weil das Eis ihm unter den Füßen weggedriftet war.« Ich zucke mit den Schultern. »Tja«, sage ich. Durch die Maschen meiner Wollhandschuhe hindurch spüre ich, wie eisigkalt die Metallsprossen der Feuerleiter sind, die ich hochklettere. Die Nägel meiner schweren Schuhe kratzen auf den Stufen. An meinen Schnurrbarthaaren bilden sich Eiskristalle. »Es ist der kürzeste Weg«, sage ich. Oben, auf dem Dach, weht ein stürmischer Wind. Er heult. Der Plan, auf dem ich mit meinem Filzstift die erste Etappe einzeichnen will, flattert wild in meiner Hand. Ich stehe breitbeinig auf dem eisblanken Flachdach, ich zurre das

Sturmband meines roten Plastic-Helms fest. Ich hebe das Windrad im korrekten Winkel, dann zähle ich, mit der Stoppuhr in der Hand, die Umdrehungen pro Sekunde. Ich notiere die Ziffer auf dem Handrücken. Ich reibe mir heftig die Augen, während ich, gegen den Wind, nach dem Horizont vor mir blicke. Durch die Rauchschwaden, die aus den Kaminen steigen, sehe ich für einen Augenblick die Silhouette der fernen Berge. Ich sehe die weiße Spitze des höchsten Gipfels, über dem die Wolken stehen. »Heilandssack!« sage ich. Meine Augen tränen. Ich reibe mir die Rußpartikel aus den Augen. Ich fluche. »Aber wenn Scott immer mit dem Wind gegangen wäre statt gegen ihn, wäre er in Peru gelandet«, sage ich. Durch den Tränenschleier hindurch sehe ich die Giebel der Häuser, die Brandmauern, die Feuerleitern, die Kamine, die Leuchtreklamen, die Ziegel, die Dachluken, die Oberlichtfenster der Schnellgaststätten. Ich huste. Ich stecke das Windrad in die Windradhülle zurück, schiebe sie in die Schlaufe am Gürtel und wuchte den Rucksack auf den Rücken. Die Kochgeschirre klappern. Ich balanciere den Schwung aus, die Spitzen der

Greifklammern, die ich mir an meine Schuhsohlen geschnürt habe, graben sich im Eis und im Zement ein. Ich ziehe die Klappen meiner Pelzmütze über die Ohren. Ich gehe. Der Rauhreif auf den Ziegeln knirscht. Ich sehe meine Spur hinter mir, wie die von einem Geiervogel. »Da unten am Fuß des Abgrunds«, sage ich lächelnd, während ich mich mit dem Enterhaken an einem Kamin festhalte, »ist die Straße mit den Bierbars, den Bars mit den nackten Mädchen, den Wurstbars und den Schießbars.« Ich lache. Tauben fliegen auf, mit knirschenden Flügeln. Rittlings auf einem Dachfirst reitend, schiebe ich mich vorwärts. Die Ziegel sind schwarz und schmierig. Ich blicke, während ich vorwärts robbe, auf die vorrückenden Ziffern meines Schrittzählers. Ein Ziegel löst sich unter meinen Schuhen, gleitet das Dach hinab, schlägt in der Dachrinne auf und verschwindet, in kleinen Stücken, über der Kante des Dachs. »Kolumbus überquerte den ganzen Atlantik im Mastkorb hockend«, sage ich, »er hatte nur sein Ei als Proviant, aber er sah als erster den neuen Kontinent.« Ich lausche. Mit einem Spreizschritt erreiche ich einen dünnen Kamin aus Metall. Ich

klammere mich daran. Vorsichtig hole ich die Sandseife aus dem Necessaire und reibe auf meinen schmierigen Händen herum. Ich schaue zum Himmel hoch. Ich spucke auf die Handflächen, dann wische ich sie an den Hosenbeinen ab. Mit den Zähnen ziehe ich mir die Segeltuchhandschuhe über die Finger. Der Wind donnert. »Das ist sicher«, schreie ich, »in diesem blöden Norden bleibe ich nicht ein Leben lang, ich nicht.«
Schnell binde ich das Gletscherseil um den Kamin, mit dem Weberknoten. Das andere Ende knüpfe ich an meinen Gürtel [3]. Ich

---

[3] Die alte Urgroßmutter spürt bei eins, daß die Erde leise unter ihren Füßen zittert. Der Urgroßvater, der am Kanonenofen sitzt und sich die Hände wärmt, fühlt es bei zwei. Bei drei die Großmutter. Sie steht im Hühnerhof, streut die Körner hin und her und sieht, daß die Hühner ganz anders aufflattern als sonst. Vor der Sonne steht eine fahle Wolke. Der Großvater merkt es bei vier. Er sitzt auf dem Abtritt und spürt ein Sirren in den runzligen Backen und wundert sich, daß das Wasser ungefragt spült. Die Mutter bei fünf: über dem Küchentisch, auf dem sie die Maultaschen rollt, schwankt die Petroleumlampe hin und her, und die Maultaschen flitzen ihr von der rechten in die linke Hand. Der Vater bemerkt bei sechs, daß der Geldberg, den er zum Zählen aufgeschichtet hat, zusammenbricht, und dann, daß er beim Suchen auf allen vieren in den Händen und an den

hänge mir den Rucksack vor die Brust. Mit beiden Händen balancierend gehe ich mit schnellen, kleinen Schritten über den eisglatten First. Das Stegbrett, über das ich dann gehe, wippt auf und ab. »Ein Amerikaner stürzte sich in einem Faß den Niagarafall hinunter«, sage ich, »unten drehte sich das Faß tagelang in einem gischtigen Wirbel, und der Amerikaner verhungerte oder wurde verrückt.« Mit zitternden

Knien ein Gefühl verspürt, als sei die Erdkruste unter ihm ein kochender Erbsbrei. Die Tochter sieht bei sieben, daß ihr Jojo nicht mehr auf die Schnur zurückfällt und daß der eben noch angebundene Kaminfeger samt Kamin vom Dach stürzt. Bei acht dünkt es den Sohn, der Riß in der Mauer des Hauses der Eltern sei früher nicht gewesen, bei neun die Enkelin, die Milchflasche zerspringe ihr in der Hand, bei zehn sieht der im Gitterbett liegende kleine Enkel, wie die Zimmerdecke über ihm Spalten kriegt, schreiend zeigt er mit seinen Patschhändchen auf die sich verändernde Deckenlandschaft, bevor er von den niederstürzenden Schuttmassen begraben wird.
Eine schwarze Wolke aus Staub, Kalk und Kies verdunkelt den Himmel. Ich hebe den Kopf und meine, es regnet, aber es ist der niederrieselnde feine Mörtelstaub. Wie durch ein Wunder habe ich mich nicht verletzt bei meinem Sturz vom Dach. Ich trage den Gurt noch um den Bauch, aber die Ziegelsteine des Kamins haben sich in tausend Stücke aufgelöst. Ich schaffe mich mühsam aus

Händen halte ich mich an den Firstziegeln fest. Ich höre das Pfeifen von Zügen. »Hier können alle eine Musik machen«, murmle ich und lausche, »nur ich kann weder Guitarre noch Lotusflöte noch Maultrommel noch sonstwas.« Ich wische mir mit der Hand über die Stirn. Ich summe eine ferne Melodie mit, soweit ich sie kann. Mit offenem Mund höre ich die hohen, spitzen, kreischenden Töne. Mein Herz klopft. »Entweder«,

dem Gesteinsberg hinaus. Ach, meine Kleidung ist weiß statt schwarz. Es ist schrecklich, wie die Heimat aussieht. Die Häuser sind eingestürzt. Einzelne Mauerreste ragen in die Höhe wie auf Fotos von Erdbeben. Schwarze Frauen ziehen an den Beinen, die aus dem Schutt ragen. Ich wage es nicht, mit meinen bloßen Händen in unserem Haus zu wühlen. Nach einer halben Stunde schaufeln stoße ich auf die arme Enkelin. Der Enkel ist in seinem Bett eingegittert wie ein Fisch in der Reuse. Den Sohn erkenne ich an der Kinderarmbanduhr, den Rest kann ich nicht finden. Die Tochter hat die Augen weit offen und den Mund voll Kalk. Der Vater, ach, der Vater ist vom schweren Mahagonischreibtisch erdrückt worden. Die Mutter ist, oh, verschmiert, ich wage nicht zu denken, was das ist in ihrem Gesicht, die Johannisbeerkonfitüre von den Maultaschen oder sonst etwas anderes. Der Großvater hat nicht Zeit gefunden, sich abzuwischen, schnell decke ich ihn mit einigem Bauschutt wieder zu. Die Großmutter, der Urgroßvater und die Urgroßmutter sehen angebrannt aus.

murmle ich, »ich bekomme nie etwas Interessantes zu sehen, oder es gibt nichts Interessantes.« Ich sehe die letzten Dächer vor mir. Der Wind ist jetzt noch stärker, Möwen und Tauben werden von den Giebeln in die Straße hinuntergeschleudert. Ich halte mich am Boden fest. »Doktor Livingstone ließ sich jahrelang vom jungen Stanley suchen«, sage ich mit zusammengebissenen Zähnen und schaue nach vorwärts, »sein Bart wurde

Jetzt sehe und rieche auch ich, was der Kanonenofen von uns angerichtet hat.
Ich renne auf die Straße hinaus. Das Haus brennt. Die Flammen schlagen hoch gegen den Himmel. Die Sonne ist verdunkelt von dem schwarzen Rauch. Es ist heiß und heißer. Nichts wie heraus hier, denke ich. Wohin?
Durch die Straßen hasten auch andere Leute wie ich. Der Rauch, der in allen Gassen liegt, beißt uns in der Nase, im Hals, im Gaumen. Unser Husten und Röcheln ist neben dem Schluchzen, Prasseln und Knattern das lauteste Geräusch der Stadt. Neben mir läuft jetzt ein schwarzverschmiertes Mädchen, es ist etwa fünfzehn und hat ein zerfetztes Kleid. Es weint und sieht kaum etwas, immer wieder stößt es mit seinen nackten Füßen gegen einen Stein, ein Möbel, einen Kopf. Ich nehme es bei der Hand, auf daß wir zusammen besser den Weg finden. Dann rennen die Leute plötzlich in der Gegenrichtung, und jetzt weiß ich, warum. Diese Gasse ist eine Feuerfalle, dort vorne ist kein Durchkommen. So fangen die Neger die Gazellen. Wir kehren um, jetzt laufen wir

immer grauer, seine Haut immer runzliger, aber schließlich trat er doch vor die Schilfhütte, und die beiden schlossen sich in die Arme.« Ich lache. »Eigentlich stelle ich ihn mir immer mit einem Zylinder, einem Vatermörder, einem Gehrock vor«, sage ich, während ich, mit wehenden Haaren auf einem Blechdach hockend, die Nagelschuhe ausziehe. »Dem erschöpften Stanley, der seine Bibel in der Hand hatte, bot er ein afrikanisches Bier und einen Negerkorn an, und die

schon in den niedrigen Flammen, aber wir merken es kaum. Der Rauch ist wie ein dichter Nebel. Ich lasse die Hand des Mädchens nicht los, und ihm habe ich es zu verdanken, daß wir an eine Stelle kommen, wo wir es uns erlauben dürfen, zusammenzubrechen.
Nach langen Stunden erhebe ich mich. Mein Kopf tut mir weh zum Zerspringen. Ich sehe mich um. Ich sitze auf einem Schutthügel. Die Stadt unter mir brennt noch immer. Aber man kann durch den Rauch doch wieder hindurchsehen, bis zum Main dort hinten, der voller Menschen ist, die auf Schiffen, Booten, Nachen, Tischen, Brettern, Strohballen schwimmen. Meine Nachbarin liegt noch immer in ihrer Ohnmacht. Ich streichle sie. Sie hat mir das Leben gerettet und ich ihr, wir werden zusammenhalten. Ich nehme einen Rest von meinem Hemd und beginne, ihr verrußtes Gesicht zu säubern. Meine Freundin schlägt die Augen auf. Dann sitzen wir stundenlang da und schauen über Frankfurt, das jetzt nur noch hie und da ein bißchen raucht. Alles ist schwarz.

Bibel legte er diskret hinter den Ofen.« Ich sauge mir die Wangen voll mit Luft und blase sie durch den gespitzten Mund. Ich gehe in den Gummisocken weiter. Sie haften wie Klebstoff auf den abschüssigen Ziegeln. Sinnend stehe ich schließlich über der Straße, ich blicke durch meinen Feldstecher, ich sehe Vögel, die sich im Aufwind der Berge treiben lassen, Geier, Adler, Finken. »Ohh«, seufze ich, »wie schön! Wie schön!« Schnell nehme ich die Marschtabelle aus der Kartentasche und vergleiche sie mit der Taschenuhr. Ich murmle vor mich hin. Dann sage ich laut: »Im Marschplan, der jeden Meter genau beschreibt, ist vorgesehen, daß ich mir jetzt die Asbesthandschuhe überstreife.« Der Wind weht meine Worte über die Dächer hin.

Mit der linken Hand klammere ich mich an die Dachrinne. Sie knirscht, als ich mich an ihr herunterlasse und mit den Füßen die Haltbarkeit des Kabels prüfe, das über die Straße gespannt ist. »Dieser Übergang ist den wenigsten bekannt«, murmle ich. Ich wippe auf und ab. Die Scheinwerfer der Straßenbeleuchtung schwanken. Ich schaue hinunter, schnell lege ich die Hand vor die

Augen. Ich stöhne auf. »Es gibt kein Zurück mehr«, rufe ich. Ich packe, mit blinden schwarzen Augen, das Seil. Meine Beine hängen im Leeren. Mit weiten Schwüngen hangle ich mich vorwärts. Ich höre, wie die Leuchtraketen, deren Sicherungsband gerissen ist, gegen den Walkie Talkie schlagen. Der Wind fährt in meine Kapuze und bläht sie wie ein Segel. »Ich muß meine Handgriffe wie eine Maschine machen«, keuche ich. Durch die Sterne vor meinen Augen sehe ich die Dachrinne, wo ich hin muß. Das Kabel schneidet, trotz den Handschuhen, in meine Hände ein. Mit den letzten Kräften greife ich nach der Dachrinne. Ich baumle. Meine Füße schlagen gegen den Verputz, der nach unten, auf die Straße, rieselt. »Ich muß mich zusammennehmen«, ächze ich, am Dachrand hängend, »Livingstone überstand, als steinalter Mann, ein Fleckfieber im Stehen.« Schwankend stehe ich auf dem Dach. Mit dem Rücken der Asbesthandschuhe wische ich mir den Schweiß von der Stirn. Ich taste nach dem Coramin in der Taschenapotheke. Ich lächle, während ich das sanft ansteigende Dach hochsteige. Die Ziegel klappern. »Ich glaube nicht, daß es möglich wäre, daß ich auf der Straße zerschellt wäre«, murmle ich, »und wenn, ich wäre bis zur Unkenntlichkeit entstellt worden.« Ich schaue zum Horizont. Hastig trage ich die rosa Hautfarbe auf die Wangen auf. Ich schminke mir die Lippen. Dann setze ich die rothaarige Perücke auf und die Goldrandbrille, ich nehme den Knebelbart aus dem Bartetui. Ich hänge ihn mir an den zwei Haken über die Ohren. Ich schaue in den Rasierspiegel, in die stark vergrößernde Seite. Ich zwinkere. Mit rasender Geschwindigkeit ziehe ich das weiße Hemd, den Sportblazer, die Hosen mit dem Karomuster und die gelbe Krawatte an. »Selbst wenn mein Bild im Fahndungsfernsehen ausgestrahlt würde«, sage ich mit verstellter Stimme, »ich wäre nicht zu erkennen.« Ich stecke den Spiegel in die Ledertasche, die ich am Rucksack angenäht habe, dann steige ich, mit meinen modischen Schuhen in der Hand, durch ein offenes Dachlukenfenster. ›Es ist ein Glück, daß ich jetzt genau wie ein Bewohner von hier aussehe‹, denke ich. Ich binde mir ein Taschentuch vors Gesicht, während ich mich durch einen Estrich taste. Ich sehe, im Halbdunkel, schräge Holzbalken, Koffer, alte Tische, Spinnweben. »Ich ertrage Hausstaub nicht, ich ertrage ihn einfach nicht«, murmle ich vor mich hin. Mein Atem quietscht. Ich öffne eine Tür, blicke durch den fingerbreiten Spalt auf einen Treppenabsatz, dann öffne ich die Tür ganz, gehe schnell die Treppe hinab und durch die Haustür hinaus. Auf dem Gehsteig bleibe ich stehen. »Ich mache ein selbstverständliches Gesicht«, sage ich. Ich blicke um mich, dann, als ich bemerke, daß ich die Schuhe in der Hand halte, setze ich mich auf den Rinnstein und streife sie über meine Nylonsocken. Ich sehe die weiten Felder der Ebene, mit Rauhreif darauf, vor mir. Im fernen Dunst steigen die Berge hoch. Ich gehe los.

Ich gehe schnell und regelmäßig. Ich schreite aus. Ich singe, leise, ein erstes Lied. Dann hole ich den Plan aus der Kartentasche und streiche ihn mit der flachen Hand glatt. Ich suche nach dem Weg. »Da geht es durch«, murmle ich im Gehen, »das da muß ein Wasserloch sein, das ein Staudamm, das ein Gletscherabbruch, dies ein Steinmännchen. Es ist ein Wahnsinn, wenn man denkt, wie Livingstone ausgerüstet war: mit einem Zylinder und einer Feldflasche mit englischem Bier drin ⁴.« Seufzend falte ich das Papier zusammen. Ich gehe, meinen Bergstock schwingend, Amseln rascheln durch den feuchten Klee. Der Weg verschwindet vor mir, weit vorne, im tiefen Herbstnebel. Dunst steigt aus Tümpeln. »Soll ich Brotbrocken hinter mir auf den Weg streuen?« sage ich. Ich lächle. Im Gehen trage ich die schon gegangenen Kilometer

---

[4] Er hat eine rauhe, rostige Stimme am Telefon, er lacht wie auch schon einmal, und schon spüre ich, wie ich in das Loch falle, tiefer und tiefer. Es ist dunkel um mich herum, ich spüre den Fahrtwind des freien Falls, und als ich gerade denke, ich hätte diese Nummer doch nicht wählen sollen, patsche ich auf ein weiches Etwas. Es ist Heu und Stroh. Ich bin siebentausend Meter tief unter der Erde, aber dieser Raum hier kommt mir bekannt vor. Nur ein Tisch steht darin, und das Licht ist düster. Da unten ist das kleine Loch. Ich bücke mich, ich presse mein Auge dagegen und sehe die Landschaft von Tanganjika. Draußen scheint eine helle Sonne. Ein ganz kleiner Herr steht in einer ganz kleinen Telefonkabine, er spricht in den sehr kleinen Hörer, übrigens, er trägt einen Zylinder. Hallo, piepst er. Kein Zweifel, er spricht mit mir in der Oberwelt. Ich höre nicht, was ich antworte, aber mein Gesprächspartner scheint mit meiner Antwort gar nicht zufrieden zu sein. Er hat zwei senkrechte Falten auf der Stirn, er haut den kleinen Hörer auf die kleine Gabel, daß es nur so knackst. Er öffnet die Tür und geht davon. Ich denke, ich werde wohl sicher ein recht saures Gesicht machen da oben an der Erdober-

auf meinem Millimeterpapierplan ein. Ich stecke mir eine Lutschtablette mit Glykosezusatz in den Mund. »Die Polynesier starteten mit Hunderten von Floßen in Südamerika«, murmle ich und beiße auf das Bonbon, »aber nur ein paar Dutzend kamen in Polynesien an. Bei den andern sogen sich die Holzstämme mit Wasser voll, die Polynesier sahen die schreienden Köpfe ihrer auf

fläche, aber im Moment ist es wichtiger für mich, dieses Land hier zu betreten. Durchs Loch atme ich die gute Luft ein. Sie riecht nach süßen, tropischen Gewächsen, hier unten scheint ein heißes, dschungeliges Klima zu herrschen. Trotzdem geht der Mann im Bratenrock und im Zylinder beschwingt über den Urwaldpfad, jetzt ist er unter den Lianen verschwunden. Ich sehe mich um, da wo ich bin. Natürlich erblicke ich nun die kleine Flasche hoch oben auf dem Tisch, ich weiß auch gleich, was ich mit ihr tun soll, ich bin nämlich schon einmal hier gewesen. Diesmal pfeffre ich mit gezielten Steinwürfen das Glas kaputt, und das, was herabrinnt und mir in den Mund, reicht aus, mich so klein zu machen, daß ich durchs Loch komme. Es quietscht, aber es geht. Ich nehme denselben Urwaldpfad wie der Herr im Zylinder. In der Telefonkabine sehe ich einen Zettel hängen, bitte 0611 72 38 69 anrufen, steht in der Sütterlinschrift darauf. Ich wähle, und ich merke, daß ich ein wenig zu wenig von dem Saft abbekommen habe. Ich muß den Kopf einziehen, und meine Wurstfinger passen nur mit Mühe in die Löcher der Wählscheibe. Schon meldet sich mein Gegenüber. Sein Deutsch ist merkwürdig. Was ist, den absackenden Flößen stehenden Freunde, dann verschwanden diese im strudelnden Sog. Die Polynesier glotzten starr vor sich hin, stundenlang, dann sahen sie nach, wie naß ihre eigenen Baumstämme schon waren.« Meine Marschschuhe wirbeln Staub auf. Ich drehe mich um und sehe, daß die Sonne jetzt schon schräg hinter mir am Himmel steht. Ich werfe einen blassen Schat-

sage ich mit meiner piepsigen Stimme. Wer sind Sie, sage ich am andern Ende des Drahts. Dann erkennen wir uns. Wir hören uns nicht besonders gut, es ist so viel dazwischen, deshalb sagen wir ein paar Belanglosigkeiten. Der andere Ich ist neidisch, aber ich sage ihm nicht, wo das Fuchsloch ist, durch das er zu mir könnte. Er soll nur oben bleiben in seinem Frankfurt und den Garten spritzen, das Geld verdienen, den Text schreiben, den Wein hinabschütten, sich über die Politiker ärgern. Wenn es mir da unten schlecht gehen sollte, kann er schauen, daß er mich wieder hochbekommt, mit einem langen Seil zum Beispiel.
Ich gehe. Ich komme, unter den Lianen wandernd, bald an eine Wegkreuzung, ich wähle natürlich die Richtung nach Tanganjika. Der Weg wird immer enger, die Blätter der Urwaldgebüsche streifen über mein Gesicht. Ich sehe gewaltige rote Blumen. Tiger und Schlangen zischen davon. Ich muß durch einen Fluß hindurch, und noch immer habe ich den vor mir wandernden Herrn im schwarzen Zylinder nicht gesehen. Gerade rechtzeitig aber merke ich noch, daß der braune Holzstamm, den ich zum Übersetzen benutzen will, ein Krokodil ist.

ten. Ein Flugzeug fliegt tief über mich hinweg, mit ausgefahrenem Fahrgestell. »Das wäre natürlich etwas, so eine Boeing«, sage ich lachend. »Nur, sie könnte nicht landen, da wo ich hin will.« Ich gehe schnell, zwischen Dünenpinien und Ginsterbüschen, ich sehe mich immer wieder um. »Es gibt berittene Polizisten«, sage ich, »die irrtümlich Jagd auf harmlose Spaziergänger machen.«

Die alten, verwinkelten Giebelhäuser von Tanganjika stehen eng nebeneinander, in den Gassen tropft das Wasser der Wäsche auf mich herab. Nur, es ist kein Mensch zu sehen. Vielleicht ist gerade Essenszeit? Ich mache viele Türen auf, aber da sind nur angefangene Essen, halbleere Gläser und liegengelassene Strickarbeiten. Den Herrn im Halbdunkel hätte ich fast übersehen. Salü, sage ich zögernd zu ihm, wir haben uns ein ganzes Schock Jahre nicht gesehen. Er sagt nichts, aber er sieht mich an. Seine Augen sagen mir, daß die da unten tief unter der Erde nichts reden können. Ich sage zu ihm: das ist schade, ich hätte dich gern einiges gefragt. Auch hätte ich mich gern ein bißchen mit dir herumgestritten, aber wenn du nicht antworten kannst, ist es natürlich Essig. So sitzen wir uns stumm gegenüber, er hat mir ein Bier hingestellt, aber leider kann er mir nicht erklären, warum er plötzlich einen schwarzen Zylinder, einen Bratenrock, einen Vatermörder und Bäffchen trägt. Ich bin jetzt größer als er. Ich sage ihm, wie ich an die Flasche herangekommen bin. Es ist nicht die klassische Methode, normalerweise macht man das anders. Übrigens, sage ich, weil es mir plötzlich einfällt: ich bin angerufen worden

Meine Füße schlurfen im Laub. Feldmäuse rennen davon. Ich wende keinen Blick vom Kartenblatt. Ich strecke den Arm waagrecht vor, ich halte den Daumen in die Höhe, so gehe ich auf den Horizont zu. Nach Stunden, als ich mir aus der Feldflasche, die an meinem Gürtel baumelt, einen Schluck mit Vitamin C angereichertem Wasser gönne, drehe ich mich um und sehe meine schnur-

von dir. Wie kommt es, daß du am Telefon sprechen kannst und jetzt nicht? Er schaut mich an mit seinen traurigen Augen wie ein Bär. Ich schaue vor mich hin auf den Holztisch. Ich proste ihm mit dem unterirdischen Bier zu, aber ich habe Mühe zu lächeln dabei.
Da klingelt es. Er hebt ab, und jetzt spricht er. Seine Stimme knarrt! Seine Worte quieren! Mit wem redet er jetzt wieder, fast fürchte ich, er redet mit mir an der Oberfläche. Laß den dort gefälligst in Ruhe, rufe ich und springe auf. Aber er ist viel schneller als ich, das heißt, ich bin größer und unbeholfener. Er saust unter den Tischen hindurch, mit seinem Telefon in der Hand, und schon habe ich mich in den Schnüren verheddert. Ich glaube tatsächlich einen Augenblick lang, er will mich strangulieren. Dabei will er mir nur einen Hinweis geben, wo die Flasche mit dem Gegengetränk steht. Sie steht unter dem Tisch, und als ich sie in einem Schwung leertrinke, werde ich so schnell groß, daß mein Kopf an die Unterseite der Tischplatte kracht. Tief unter mir sehe ich ihn, wie er lacht. Ich winke ihm, als ich aber, mit den Füßen im Urwald stehend, hochsehe, sehe ich, daß ich auf diese Weise das Seil, das ich mir von oben her zuge-

gerade Schlurfspur im Gras, bis zur Stadt, die jetzt nur noch undeutlich zu sehen ist. ›Was für ein Qualm‹, denke ich. Ich suche mit dem Feldstecher die Wiesen, Äcker, Lichtungen und Gebüsche um mich ab, lange starre ich auf ein Brombeergesträuch, das sich im Wind bewegt. Ich nicke. Mit zwei schnellen Handgriffen schnalle ich mir die beiden Stelzen von den Füßen ab. Ich werfe sie ins hohe Gras. Mit zurückgebeugtem Kopf tropfe ich mir die Tropfen in die Augen, die die Pupillen normalfarbig werden lassen. Ich sprühe mich mit einem der Sprays ein, die ich, in einem Plasticetui, im Rucksack mit mir trage. Ich schnüffle, wie ein Hase. »So«, sage ich und gehe wieder los, »ich rieche wie ein Bauer.« Ein leiser, kühler Wind weht. Ich binde mir den Metakocher aus Aluminium mit einem Lederriemen vor den Bauch, ich prüfe, ob die Heizplatte auf der kleinen Asbestplatte an meinem Gürtel aufliegt. Ich zünde das Meta

worfen habe, erreichen kann. Die Leute an der Myliusstraße staunen ziemlich, als ich aus der Kanalisation steige. Sie hätten erwartet, ich rieche nach Ratten, Kot und Schlamm, aber ich dufte nach rosa Lianen, Dschungel und Paidol.

an. Ich koche das Wasser auf, in das ich Kaffeepulver getan habe. Ich trinke den Kaffee im Gehen. Ich blase auf meine Finger. »Scott trank mangels anderem«, murmle ich, »das warme Blut seiner Schlittenhunde.« Ich sehe über die Kohlrabifelder hinweg, über kanalisierte Bäche, über rechtwinklige Äcker, Säcke mit Insektenschutzmitteln. Hunde bellen in der Ferne. »So, wie ich heute gehe, kenne ich diese Landschaft gar nicht«, sage ich. »Bis jetzt bin ich immer im Auto gewesen, geschützt vor Hunden, Eulen, Luchsen, Wölfen.« Ich nehme den Sextanten und schraube ihn auf mein rotweiß gestrichenes Stativ. Ich berechne den Winkel der hinter mir stehenden Sonne. Ich notiere die Zahl. Krähen schweben über mir, sie krächzen. Ich beiße mir auf die Lippen. Weiden mit stummeligen Ästen stehen am Rand eines Bachs. Ich lausche. ›War dieser Schrei‹, denke ich mit klopfendem Herzen, während ich langsam weitergehe, ›ein Bauer, ein sterbendes Wildschwein, oder was?‹ Ich lache. Eine Mähmaschine steht im Gras. ›Diese Maschinen schneiden den unsichtbaren Rotwildtieren im Korn die Hinterbeine ab, so daß sie auf ihrer Flucht behindert sind‹, denke ich. Das Gras geht mir bis zu den Knien. Ich rausche hindurch. Ich ziehe die Flasche mit dem Obstler aus der Geheimtasche und nehme einen Schluck. Ich atme heftig. Nach Stunden sehe ich die im düsteren Licht liegende Bergkette vor mir deutlicher. Ich starre sie an. Ich erkenne, in der Sonne stehend, die gewaltigen Schatten, die die Nordwände auf die Alpenweiden werfen. Ich werfe meine Karte in die staubigen Büsche am Wegrand. »Das ist so eine saublöde Straßenkarte«, schreie ich, »kein Gras, kein Sumpf, kein Felsabbruch ist auf ihr zu erkennen, nur Werkstätten, Blutdepots, Autobahnaborte.« Meine Beine sind naß. Wütend ziehe ich meinen Sakko und meine Kammgarnhosen aus. Ich werfe sie, in ein Bündel gepackt, in ein Brennesselfeld. Ich sehe an mir herunter, auf mein zerschlissenes Ruderleibchen, meine zu weiten Unterhosen, meine herunterrutschenden Wollkniestrümpfe. Vor mich hinredend hole ich die Knickerbocker, die Lederhosenträger, den Airdress und den Dufflecoat mit den Fäßchenknöpfen aus dem Rucksack. Ich ziehe mich, auf dem Rücken im Gras liegend, an. »Das paßt wie angegossen«, rufe ich. Ich kämme mir mit dem Taschenkamm einen saubern Scheitel. Im Weitergehen pfeife ich vor mich hin. Meine Augen heften sich an die schneeweißen Bergkämme. Ich glaube, ferne Laute zu hören. Ich bleibe stehen, mit der hohlen Hand an der Ohrmuschel. Meine Augen füllen sich mit Tränen [5].

Nicht rechts noch links schauend stampfe ich vor mich hin. An meinen Schuhen klebt

[5] Links liegt der Lago bianco, rechts der Lago nero. Der Lago bianco sieht wie mit Magermilch versetzter Absinth aus, der Lago nero wie eine alte Flanellhose. Zwischen beiden steht ein silberglänzender Damm, gegen die Werwölfe. Wenn ich hier beim Wasserabschlagen nur ein bißchen so mache, *so*, oder bei einem plötzlichen Alpenwind, dann fließt mein Wasser nicht ins Schwarze Meer, sondern ins Mittel. Ich trete summend in die Gaststube, aber der Wirt hat gemerkt, daß ich sein Lager gesehen habe. Er ist bleich, er hat auch keine Erklärung dafür, warum in seinem Hinterzimmer die Traghutten liegen, auf denen die Zigarettenpakete abgepackt sind. Wir lachen ihn aus, und als er merkt, daß wir keine Zollbeamten sind, sondern im Gegenteil, kommt die Farbe in sein Gesicht zurück. Er macht eine Flasche auf. Es ist seine letzte, sagt er, sie ist von einer Firma, die es jetzt nicht mehr gibt. Trinkend sehen wir zu den Gletschern hoch. Es dämmert. Dort oben, am Fuß der Eiszungen, wohnt eine Art Bergindianer. Es sind die Bergbauern von früher. Mit ihren gegerbten Gesichtern stehen sie auf den Felsvorsprüngen und sehen starr und schweigend auf die Straße unten im Tal hinab. Sie zuk-

schwerer Schlamm. Meine Schritte glucken im Wasser. Mückenschwärme schwärmen um meinen Kopf, ich mache wilde Handbewegungen. Vögel fliegen auf. »Es gibt Enten, die ihren Besitzern völlig treu sind«, sage ich. »Stundenlang kreisen sie über den Hügeln, aber abends kommen sie in die Käfige zurück.« Frösche quaken. Das Gras riecht. Ich schwitze. »Stanley«, murmle ich,

ken mit keiner Wimper beim Anblick der Autos aus Holland und aus Deutschland, nur manchmal, in der Nacht, erlegen sie eins und schleppen die Beute in ihre Höhlen zu den Gletschern hinauf. Sie gehen auf den Wegen, die nur sie kennen. Sie verständigen sich, von Bergkamm zu Bergkamm, mit einem langatmigen, eintönigen Singen, manchmal hören wir sie, wenn wir abends, wenn die Sonne untergeht, ganz aufmerksam nach oben horchen. Es sind Laute, die Tränen in uns auslösen. Gesehen habe ich noch nie einen, auf meinen Bergtouren finde ich hin und wieder eines ihrer Steinwerkzeuge oder ein hohles Gemshorn. Ich weiß, da oben sind sie, jetzt sehen sie wie ich, wie das Postauto die enge Kurve hinabkommt. Der Bug und das Heck hängen über dem Abgrund in der Kurve. Der Chauffeur ist wegen Verführung von Minderjährigen einen Monat lang dispensiert gewesen, aber niemand kann diese Kurve so fahren wie er, und die Minderjährige ist jetzt volljährig. Wir sitzen alle drei am Tisch des Bahnhofsrestaurants des Ospizio und trinken einen Kaffee mit Träsch. In unsern Träumen haben wir etwas gegen die Bergbauern von heute, die bei jeder Alpenwiese an einen Skilift denken. Wir legen uns hinter

»sah plötzlich, wie der vor ihm gehende Träger klein und kleiner wurde. Nur noch der Rumpf, der Kopf mit dem aufgerissenen stummen Maul, die hochgereckten Hände mit dem Überseekoffer ragten aus dem Sumpf. Mit einem heftigen Sprung rückwärts rettete sich Stanley und mußte zusehen, wie der Koffer mit den wertvollen Gesteinsproben im Schlamm versank, un-

einen Felsblock und werfen Steine auf die Touristen. Doch jetzt, wo wir nicht schlafen, erklären wir den Damen und Herren aus Düsseldorf geduldig, daß es vielleicht vorsichtiger wäre, den Piz Palü nicht in Sandalen zu besteigen.
Am nächsten Morgen, als wir dann das Tal hinaufliegen, sehen wir das Bahnhofsrestaurant ein letztes Mal unter uns. Die Arme tun uns langsam weh vom vielen Flügelschlagen. Dann, später, fliegen wir viel höher, Sandra, der Chauffeur und ich, es ist kalt, und die Gletscher liegen eisblau unter uns. Wir sind in dicke Anoraks gepackt. Wir schweben über dem Eisabbruch, nie hätten wir gedacht, daß es so gut geht. Wir haben Aufwind, er treibt uns die Nordwand entlang. Wir steigen und steigen. Die Sonne bricht über den Grat und fällt uns ins Gesicht. Die Musik in unsern Ohren ist sehr laut. Wir sehen über das unendliche Nebelmeer. Herrgott, ist das etwas. Fast hätte ich die kleine Gestalt auf dem Gipfel unter uns nicht gesehen. Da steht der Mann neben der Gipfelfahne im Schnee. Er winkt uns zu. Er ist spät dran, denke ich, wenn er seinen Abstieg noch heute hinkriegen will. Er macht aber keinerlei Anstalten, und jetzt

wiederbringlich.« Ich schmunzle. Durch eine nur mäßig angerußte Glasscheibe sehe ich in die Sonne hinter mir. Tiere rascheln weg, Marder, Wiesel, Mäuse. Ich packe den Stiel der Machete. Meine Fußabdrücke füllen sich mit Wasser. »Scott trug über Hunderte von Kilometern kreisrunde Holzteller an den Füßen, und auch die Hunde«, sage ich. Ich zittere. Ich messe mit einem Millimeterstab die Wasserhöhe. Ich trage die Ziffer in mein schwarzes Wachstuchheft ein. ›Wie hasenfüßig ich bin! Wie schnell ich aus der Fassung gerate!‹ denke ich. Ich spucke aus. Ich lache. Ich blinzle in die um meinen Kopf surrenden Insekten. »Wenn jetzt ein Unwetter kommt, dann aber«, sage ich laut.
Ich gehe auf einem schlammigen Weg, vorbei an Hochständen, in Haufen aufgeschichtetem Zuckerrübenkraut. Ich blicke

sehe ich, daß er keine Beine hat. Soll ich landen bei ihm? Aber wer weiß, ob ich, einmal unten, wieder starten kann? Als ich gleich darauf ins Luftloch falle, schlage ich wie wild mit meinen Armen, und ich kann dann nur noch die Südwand hinter mir hochsehen, von wo der klein und kleiner werdende Mann mir nachwinkt. Heftig weinend schlage ich auf der Bergwiese auf, wo sich der schluchzende Chauffeur schon um die zerfetzte Leiche von Sandra kümmert.

auf den Dezibelmesser, dessen Nadel hin und her zuckt. »Das muß die Autobahn sein«, murmle ich. Ich spähe nach vorn. »Ich weiche keinen Zentimeter von meiner Route ab«, sage ich, durch die Ginsterbüsche schleichend. Dann sehe ich den Damm der Autobahn vor mir. »Nie werde ich den fürchterlichen Schrei vergessen,« sage ich, »den ich mir vorstelle, wenn der Wolf plötzlich vom Baum springt.«
Ich stecke mir einen Busch verblühten Ginster ins Helmband und nehme zwei Zuckerrübenblätter in die Hand, dann gehe ich geduckt auf die Autostraße zu. Die Nadel des Dezibelmessers schlägt in den roten Bereich aus. Ich schleiche tiefen, erstarrten Traktorenspuren entlang. Im Vorbeigehen schlage ich mir den Dreck an meinen Fußsohlen an einer rostigen Walze ab. Dunst liegt über den Ackerschollen, schwarze Dohlen picken in den Furchen. Auf einem Bein hüpfend glänze ich mit meiner Schuhbürste das Oberleder meiner Schuhe. »Ganz ähnlich ist es bei Einladungen in den indischen Kolonien«, sage ich, »wenn die Frau des Gastgebers plötzlich erstarrt und mit tonloser Stimme sagt: Keiner bewegt sich, es sitzt eine Kobra auf

meinem Fuß. Alle andern Gäste erstarren auch. Ein Diener muß dann langsam, unendlich langsam eine Schale Milch in eine Ecke der Terrasse stellen, und erst nach Stunden, wenn der Sahib das milchschleckende Ungeheuer mit einem Schuß aus seinem Repetiergewehr getötet hat, löst sich die Spannung bei den Anwesenden des Festessens.« Ich hole tief Atem. Mit Tränen in den Augen sehe ich nach vorne, in die nassen Nebelschwaden, bis zu den Tannen, Fichten, Föhren, Arven. Ich murmle: »Heutzutage, wo bei Bürobränden Mädchen aus dem sechzehnten Stock springen, wie soll das weitergehen?« Ich klettere die steile Böschung zur Autobahn hoch. Hinter meinem Ginster und den Zuckerrübenblättern verborgen beobachte ich den Verkehr. Vorsichtig klaube ich die Gehörschutzpfropfen aus schwarzem Hartgummi aus der Patronentasche. Ich drücke sie in die Ohren. Ich schaue nach links, dann werfe ich schnell den Ginster und die Zuckerrübenblätter weg und spurte über die Fahrbahn. ›Die Vorbeifahrenden denken, ich bin ein Verbrecher oder ein Schwerverletzter‹, denke ich. Ich klettere über die Leitplanke. »Ich weiß schon, was ich tue«, schreie ich, »oder so ziemlich.« Ich rutsche die steile, glitschige Böschung hinunter. Ich keuche, dann hole ich mir die Gehörschutzpropfen aus den Ohren, schaue sie an und werfe sie weg. Ich singe und schwinge, im Weitergehen, meinen Totschläger, der wie ein knorriger Alpenstock aussieht. Möwen flattern hinter niederen Gebüschen auf. Ich spüre, daß die Luft feucht und kühl ist. »Stanley jagte vor jeder Flußüberquerung einen Neger durch die Furt«, sage ich, »so wußte er, ob es Piranhas im Wasser gab oder keine.« Ich taste, während ich über den sandigen Boden gehe, nach meinen Schwimmflossen und dem Schnorchel, die ich hinten an den Rucksack gehängt habe. Ich gehe durch lockeres Unterholz, meine Schuhe knirschen, und jetzt fährt der Uferwind in meine Haare. Es riecht nach faulem Holz. Endlich sehe ich den träge dahinfließenden Strom. »Wie breit er ist!« rufe ich. Das Wasser glänzt in der niedrigstehenden schrägen Sonne. Am andern Ufer, vor den Schneebergen, sehe ich im Licht blinkende Hausdächer, Bäume, Uferkühe. Ich atme tief ein. Ich blicke auf die Öllachen und Schaumteppiche auf dem Wasser. Eine

Holzkiste treibt vorbei und, weit draußen, ein Jutesack. Ich fasse mich an die Stirn. »Er ist wie ein Biber, ein Schwein, eine Frau«, rufe ich. Ich spüre ein Surren in meinen Armen und Beinen. Ich lache. »Durch dieses Wasser zu schwimmen wäre ein Todesurteil«, sage ich dann, während ich im Rucksack nach den Tabletten gegen Infektionen und Vergiftungen suche. Ich löse eine Brausetablette im keimfreien Wasser auf, das ich in meiner Metallflasche, die innen einen Glasmantel hat, mittrage. Ich trinke. Dann renne ich im feuchten Ufersand auf und ab. Schließlich bleibe ich schnaufend stehen, ich sehe meine Fußabdrücke, das angeschwemmte Treibholz, das Schilf, die Steine, die zerquetschten Plasticbehälter an. »Stanley sank bei jedem Neger, den er unterwegs bekehrte, dankbar in die Knie«, murmle ich, »der Trottel.« Ich starre in mein Hinweisbuch, dessen Seiten vom Wind umgeblättert werden. Ich sehe auf. Schnell trage ich die Werte, die ich von der Robinsonschen Sturmtabelle ablese, ins provisorische Windbuch ein. Ich seufze. Ich atme tief ein. »Los!« sage ich dann laut. Ich stecke mir den Kugelschreiber hinter das Ohr, ziehe die

Klappen der Kappe darüber und binde sie unter dem Kinn fest. Ich spüre meine Gesichtsmuskeln. Ich gebe einer leeren Waschmitteltrommel einen Fußtritt. Dann stelle ich das Fotostativ, das ausziehbare Metallbeine hat, in den Sand. Ich befestige die Polaroidkamera mit dem Teleobjektiv darauf. Ich schaue durch den Sucher, mit zusammengebissenen Zähnen drücke ich auf den Auslöser. Ich reiße den Film aus dem Apparat, ich zähle diesmal auf sechzig, dann löse ich die Schutzschicht vom Film. Ich sehe, wie sie vom Wind weggetragen wird. »Das habe ich jetzt davon«, murmle ich dann. Ich sehe einen grünen Garten, eine rote Laube mit blauen Weintrauben, einen grauen Hausflur, ein mit rotweißkarierten Vorhängen verhangenes Fenster, dahinter eine schwarze alte Frau, die weint. Unverwandt auf das Bild blickend ziehe ich mich aus. Ich sehe an mir herunter. Ich werfe die Kleider ins Wasser. Sie treiben davon. »Oh«, murmle ich, »ohne Kopf, ohne Hände, ohne Füße, wie ein Selbstmörder.« Ich lache, als ich sehe, daß meine nackte Haut eine Gänsehaut geworden ist. Ein kalter Wind fährt mir zwischen die Beine.

Hastig hole ich das Unterleibchen, das Hemd mit dem Sportmuster, den Plüschpullover, die Pfadfinderhosen und die grauen Socken mit dem Zöpfchenmuster aus dem Rucksack. Ich ziehe alles an. Ich blase in die eiskalten Hände. Ich bewege den Kopf hin und her, ständig. »Ich tue das«, sage ich, »bis der Kragen weich geworden ist, oder der Hals blutig.« Ich pfeife vor mich hin. Während ich mir die Schnürsenkel meiner braunen Sonntagsschuhe zubinde, blicke ich in den Rasierspiegel. »Wie ich aussehe!« rufe ich aus. »Wie rosig! Wie frisch! Wie toll!«
Den Rucksack hinter mir herschleifend schleiche ich durch das niedere Ufergebüsch. Ich keuche. Ich krieche die letzten Meter auf dem Bauch. Durch meine Augenlider, die ich nur halb geöffnet halte, sehe ich eine Autofähre, die an ihrer Anliegestelle liegt. ›Die dreißig Meter sind ein Hasensprung für mich‹, denke ich, mein Sprungbein massierend. Ich sehe einen Angestellten, der ein Auto, das über ein klapperndes Blech fährt, in eine Lücke winkt. Er dreht mir den Rücken zu. »Jetzt oder nie!« zische ich. Ich schnelle über die freie Sandfläche dahin,

durch die aufflatternden Möwen hindurch, mit einem heftigen, unhörbaren Sprung werfe ich mich in den Schatten der Außenwand der Autofähre. Das Wasser klatscht an die Bordwand, die vor meinem Gesicht hochragt. Ich spucke Sand aus. Schnaufend auf dem Bauch liegend sehe ich über meine tiefen Sprungspuren im Sand zurück. Ich lausche. ›Wenn ein einziger geübter Spurenleser an Bord ist, bin ich geliefert‹, denke ich, ›einer von denen, die an einem umgeknickten Gras Alter, Größe und Absichten des Unbekannten erkennen können.‹ Das Wasser gluckt. Kreischend kreisen die Möwen über mir. Ich mache ihnen unwirsche Handzeichen. Über mir höre ich Stimmen. Unendlich vorsichtig ziehe ich mich an einem der Autoreifen hoch, die an der Außenwand hängen. Ich stelle meine Füße hinein. In dem schaukelnden Reifen hängend, tarne ich meine Hände mit Tang und Algen, dann wage ich es, nach der untersten Relingstange zu greifen. Das Schiff zittert, als die Motoren angelassen werden. Meine Hände surren, und meine Knie schlagen gegen die Bordwand. Mein Rücken schmerzt. Ich huste, in der Tonlage des

Schiffsmotors. Ich höre Stimmen von Mädchen. ›Wenn sich diese Automobilistinnen jetzt nur nicht über die Reling beugen, wegen der Aussicht oder wegen einer Seekrankheit‹, denke ich. Gischt schäumt am Heck des Schiffs auf. Es riecht nach Algen. Ich sehe, wie wir uns langsam vom Ufer entfernen. Als ich einen Mann erkenne, der winkend auf dem Landesteg steht, schließe ich schnell die Augen. Das Wasser rauscht, und meine Beine sind naß. Ich halte mich mit nur einer Hand, heftig atmend binde ich mir mit der andern meine feldgrauen Gamaschen um. Mein Rucksack zieht mich nach unten. Als das Schiff jetzt schneller fährt, sprüht mir feine Gischt ins Gesicht. Es windet. Ich sehe, größer und näher, Bäume am Ufer, Häuser und die Bergkette, über der schwarze Wolken stehen. »Stanley bemerkte, als er auf angeschwemmten Baumstämmen den Sambesi überqueren wollte, gerade noch, daß die angeschwemmten Baumstämme Krokodile waren«, sage ich. Ich lache. Meine Hände schmerzen mich. Das Fährschiff treibt jetzt langsam auf den hölzernen Anlegesteg zu, auf dem ich zwei Zollbeamte stehen sehe. Ich ziehe den Kopf ein. Ich spüre einen Ruck, als der Bug der Fähre auf den Steg stößt. Während die Autos über mir über die Holzplanken rollen, schwinge ich mich der Bordwand entlang von Autoreifen zu Autoreifen, bis zum Bug des Schiffs und den Stützbalken des Stegs. Mit angewinkelten Beinen hangle ich mich den Balken entlang. Dann warte ich, im düsteren Schatten unter den Holzbrettern zusammengekauert, bis die Zollbeamten, die ich durch die Ritzen sehe, im Zöllnerhaus verschwinden. Ich nehme die wasserfarbige Tarnfolie vom Rucksack, werfe die nassen Gamaschen in den Uferschlamm und ziehe meine Gummistiefel aus. Ich wasche meine verklebten Hände im Uferwasser, dann trinke ich einen Schluck von meiner Nährlösung. Heftig atmend schiebe ich die Hose und die Unterhose hinunter, ich nehme die Vitaminspritze aus der Apothekentasche und steche mich in die Haut. »Stanley traf einmal«, sage ich, während ich zuschaue, wie die rote Flüssigkeit aus dem Plasticrohr in mich hineinfließt, »den Ischiasnerv, als er sich in den Hintern stach. Die Neger lachten Tränen, als sie seinen Tanz sahen und seine Laute hörten.« Ich lächle, werfe die Spritze ins Wasser und ziehe die Hosen hoch. »In dieser Beziehung sind die Nordpolfahrer besser dran«, murmle ich, »sie wagen es schon gar nicht, die Hosen herunterzulassen, bei minus 63 Grad.« Ich atme tief. Ich gehe los, am Straßenrand. Ich pfeife. Mit meiner als Feuerzeug getarnten Kamera mache ich Aufnahmen von Fachwerkhäusern, staubigen Wegen mit Kuhfladen drauf, Brückengeländern, Gärten, in denen die letzten Sonnenblumen, Astern, Kornblumen, Rhabarber, Artischocken, Dahlien stehen. Es riecht. Ich sehe mich um, dann pflücke ich eine Blüte mit violetten Blüten. Ich klemme sie, unter einem Papiertaschentuch versteckt, zwischen Zeige- und Ringfinger und hole das Pflanzenbestimmbuch aus dem Bücheretui an meinem Gürtel hervor. Hin- und herblätternd folge ich allen Verweisen. Ich schwitze. »Das muß ein Wiesenschaumkraut sein«, sage ich dann und trage das Resultat ins Botanikheft ein. »Es geht nicht schlecht bis jetzt«, sage ich, »Livingstone floh einmal vor einer Horde feindlicher Neger durch einen Bach wie diesen, um die Bluthunde abzuschütteln.« Ich starre in das trübe Wasser.

»Tränen der Angst flossen in seinen uralten Bart, er verbarg sich unter Heuhaufen, durch die die suchenden Kannibalen ihre Speere steckten. Er mußte sich mit den schwarzen Dobermännern anfreunden. Stundenlang kauerte er im Sambesi und atmete durch ein Schilfrohr.« Ich gehe, vorsichtig um mich lugend, über einen Platz. Ich sehe Häuser mit großen Dächern. Für eine Sekunde stelle ich den Rucksack auf den Rand eines Brunnens. Ich massiere die Einschnitte der Rucksackriemen mit meiner Spezialcreme ein, ich tauche den Kopf ins Wasser. Ich pruste. Als ich mir ins Gesicht fasse, sehe ich an meinen schmierigen Fingern, daß die Schminke sich löst. Fast rennend gehe ich weiter, an einem Gasthof vorbei, über dessen Tür ein rostiges Schild mit einem Lamm drauf hängt [6], an Häusern

---

[6] Hallo Lisa, schreie ich in das Bakelitrohr des Fernsprechers von Creutzwiller-la-Croix. Mein Hallo Lisa geht durch den Draht bis nach Offwiller, von da nach Uhrwiller, dann nach Schwabwiller, nach Hohwiller, Leiterswiller, Reimerswiller, von da nach Hunspach, von dort nach Wissembourg, von dort in den großen Draht in die weite Welt. Ich benütze noch eins von den alten Feldtelefonen aus der Zeit der Schlacht von Kreuzweiler. Ich drehe an der Kurbel, und durch das Fenster sehe ich,

mit Fachwerkmauern und Schindeldächern entlang. »Ich hätte außen herum schleichen sollen, wie bisher«, flüstere ich und sehe mich um. Ich höre Musik. Mein Herz schlägt heftig. Meine Schritte dröhnen auf dem Kopfsteinpflaster, auf dem ich, nicht nach links noch rechts sehend, dem Dorfausgang zugehe. Mit fahrigen Bewegungen notiere ich im Gehen das Thema des Walzers. Ich spüre, daß eine Hitze über mein Gesicht läuft. Ich

wie der Rost von den Drähten herabrieselt. Langsam verliert sich die Rostspur in der Ferne, bei den grünen Wäldern. In einer halben Stunde kann ich frühestens mit einem Hallo Urs retour rechnen, und so trinke ich einen Schluck. Es gibt mir zu denken, daß just der Posthalter einen Taubenschlag besitzt. Tatsächlich spüre ich in den Füßen ein leises Rumoren unter mir. Ich lege das Ohr auf den Boden. Es ist Bell, der sich im Grab umdreht. Wahrscheinlich kratzt sich auch Edison nachdenklich am Kopf, wenn er auf Creutzwiller-la-Croix hinabsieht. Ich bestelle mir ein Dutzend Schnecken und eine Flasche Wein, später dann breche ich in den Taubenschlag ein und hänge der fettesten Taube meine Post ans Bein. Da saust sie davon, nach Lima, zu Lisa. Zufrieden komme ich in den Gasthof zurück, da kommt gerade Lisas Stimme aus dem Bakelitrohr des Feldtelefons. Es ist ein Wunder der Natur. Urs, ruft Lisa aus Lima, und später verstehe ich auch noch das Wort prima. Jedenfalls sehe ich am nächsten Morgen, daß die Rostspur unter den Telefondrähten doppelt so hoch geworden ist.

renne. ›Die Mädchen‹, denke ich, ›könnten denken, daß ich aus dem Zirkus bin, mit meiner verrutschten Perücke und meiner verschmierten Schminke.‹ Mein Rucksack hüpft auf und ab, im Laufen prüfe ich den Sitz der aufgeklebten Augenbrauen und des Tuchs, das meinen Hals schützt. Hinter einem Schuppen bleibe ich keuchend stehen.
»Es ist alles in Ordnung«, flüstere ich nach einer Weile, »ich meine, wie immer.« Auf einem steinigen Weg gehe ich auf die Berge vor mir zu. Ich nehme den Jägerhut aus der Botanisiertrommel und schwenke ihn in der Luft. »Immer denke ich Rindvieh«, sage ich lachend, »daß ich die Begegnung meines Lebens mache. Ich nähme die Fensterglasbrille ab, ich drückte die Nase gerade und risse den Schnauz weg. Wir küßten uns.« Ich seufze. Ganz von selber habe ich einen wiegenden Gang angenommen, als ich jetzt zwischen kahlen Rebstöcken dahergehe. Ich klaube schnell die Zeitentabelle aus der Kartentasche und schaue auf die Berechnungen. Wie schon tausendmal drehe ich die Sanduhr um, die an meinem Gürtel hängt. Ich höre, wie der Sand durchs Glasloch rauscht. Im

Wetterbuch trage ich die Sonnenstärke ein.
»Das ist der niederste Wert bisher«, murmle
ich. Ich unterstreiche ihn mit dem violetten
Filzstift. Ich vergleiche die moderne Wanderkarte mit meiner Handzeichnung. »Da,
wo ich hin muß«, sage ich, »gibt es keine
Autoreisezüge, keine Autobahnen, keine Skilifts.« Ich lese den Text meines Reiseführers.
Hin und wieder sehe ich beim Gehen hoch,
noch immer gehe ich zwischen riesenhaften
Rebenfeldern. Nachdem ich auch das Kleingedruckte gelesen habe, werfe ich den Reiseführer in einen Bottich. Über den Reben, auf
deren Holz ein silbergrauer Überzug liegt,
ragen die Berge in die Höhe, hoch, dunkel.
Wolken fegen über sie hin. Ich nehme meine
doppelläufige Flinte von der rechten Schulter, führe den Luntenstock in den Lauf ein
und entfette ihn. Dann ziehe ich die Putzschnur, an der ich das mikroskopisch kleine
Putzsieb befestigt habe, mehrmals durch den
Lauf. Rückwärts gehend schaue ich hindurch, ins Sonnenlicht hinein. Ich lade die
Flinte mit Pulver und Blei. »Livingstone war
ein erstklassiger Jäger«, sage ich, »und die
Neger verehrten ihn wie einen Gott, weil er
so knallen konnte.« Ich schmunzle. Ich

summe eine Melodie. Ich wende mich um und gehe rückwärts weiter und sehe, daß die Qualmwolke am Horizont größer geworden ist. »Man mißt den tödlichen Staub jetzt in Kilogramm pro Kubikmeter«, sage ich. Ich nehme eine Lutschtablette aus der Hosentasche und stecke sie in den Mund. Ich drehe mich schnell wieder um, vor mir, hinter einem Vorhang flirrender Luft, steigen die Bergwände empor. Es ist schön. Ich werfe die Arme in die Höhe und atme tief ein. »Vor Livingstones Schritten donnerten zuweilen Tausende von krächzenden Flamingos in die Höhe«, sage ich laut. Ich nehme einen Schluck Milch aus meiner Feldflasche. Meine Füße wirbeln Staub auf. Meine Wandersandalen sind kreideweiß. Ich nehme den Nackenschutz aus rotweißem Matratzentuch, mein Atemtuch aus Gaze, die Schutzbrille, den feuchten Schwamm und die löchrigen Handschuhe aus Schweinsleder aus dem Rucksack. Ich prüfe, ob die Nasenklammer den richtigen Druck hat. »Ich muß vorbereitet sein, das muß ich«, murmle ich, während ich mir meine kleine Wünschelrute aus Aluminiumdraht am Handgelenk befestige. ›Verhungert oder verstunken ist noch kaum

je einer‹, denke ich, ›verdurstet sind aber schon viele [7].‹
Ich schaue auf meinen Schatten, der immer länger wird, und der Wind weht die Spuren im Staub hinter mir wieder zu. »Soll ich das Beresinalied singen, oder was?« sage ich. Ich gehe mit gleichmäßigen, festen Schritten. Meine Fußsohlen brennen. Ich lasse den Wasserstandsmesser an meiner Feldflasche

[7] Wenn wir die Karte nicht hätten, wir würden dieses ferne Land nie erreichen. Zwischen den niederen dürren Gesträuchen stehen wir am Rand der Wüste. Wir halten die Hände schützend über die Augen. In der untergehenden Sonne liegt sie unendlich vor uns, Sand, Sand und Sand, und nur dort hinten am Horizont sind im Dunst die blauen Berge zu erkennen, zu denen wir hin wollen. Hier, in der Buschsteppe, scheucht noch jeder Schritt eine Gazellenherde auf, und Tausende von krächzenden, roten Flamingos donnern vor unsern Schritten in den Himmel. Bald aber ist nur noch das Wasser das Wichtigste und tagsüber die brennende Sonne, die uns töten kann. Unsere Karte ist eine Handzeichnung auf einem Notizzettel, sie stammt vom einzigen Überlebenden, der jetzt auch tot ist. Er hat das Wasserloch in der Mitte des Wüstenweges sorgfältig eingezeichnet, aber angesichts der unendlichen gewellten roten Sandmassen sind wir gar nicht mehr so sicher, ob wir das kleine Loch so leicht finden werden. Die Sonne nähert sich dem Horizont. Wir prüfen nochmals den Rucksack. Wir haben Dörrfleisch und Wasser, und auf dem Kopf haben wir riesenhafte Hüte. Beim letzten Gebüsch, wo wir die Busch-

nicht aus den Augen. Mit meinem klimasicheren Kugelschreiber notiere ich mir die Temperaturen, die ich vom kleinen Badethermometer an meiner Achselpatte ablese, auf die gestärkten Manschetten. »Stanley erschrak fürchterlich«, sage ich, »als er plötzlich ein Skelett im Steppengras liegen sah. Erst als ihm einfiel, daß Livingstone ja eine Goldplombe hatte und keine angefeilten

steppe verlassen, binden wir eine Botschaft hin, für die Nachwelt. Wir gehen los. Der schwarze Führer geht zuvorderst, dann kommt mein Freund, den Schluß mache ich. Ich wende mich mehrmals um und sehe, aus den fernen Gebüschen ragend, die Giraffenhälse, die Elefantenrücken, die Flamingoschwärme gegen die letzte Abendröte. Dann steht der Mond am Himmel, die Wüste leuchtet blau in seinem Licht. Der Sand knirscht unter unsern Bergschuhen, wir sinken ein bei jedem Schritt, aber es geht. Wir sprechen nicht. Manchmal bleiben wir schweigend stehen und schütteln die Sandkörner aus den Wollsocken. Nach ein paar Stunden spüren wir, daß es kalt geworden ist. Ich wickle den Schal fester um meinen Hals. Die Wasserflaschen glucken nicht mehr und sind schwerer geworden. Jetzt dürfen wir nicht stehenbleiben, ein steifes Glied wäre unser Tod. Über uns ist der unendliche Sternenhimmel, und ich frage mich, wie unser Führer die Richtung nicht verliert. Er geht unbeirrbar vor uns her. Endlich, als die ersten Strahlen der aufgehenden Sonne den Horizont rot färben, hält er inne. Wir müssen jetzt schnellstens einen Unterschlupf für den fürchterlichen Wüstentag finden. Wir kauern uns hinter

Kannibalenzähne, klopfte sein Herz wieder ruhiger.« Ich gehe schnell. Sand knirscht zwischen meinen Zähnen. Aus dem Walkie Talkie, den ich mit einer versehentlichen Bewegung eingeschaltet habe, höre ich die fernen Stimmen der Autobahnüberwachung. Ich stelle den Schalter auf Aus. Mit einem Schluck Orangeade spüle ich mir den Kies aus dem Mund. Ich bleibe stehen, schwit-

ein paar Felsbrocken, auf deren beiden Schattenseiten wir Löcher graben, so tief wie unsere Körper. Darüber legen wir Burnus und Hut. Schon um acht Uhr früh, ein paar Stunden später, ist es nicht mehr auszuhalten. Wir trinken einen Schluck Wasser. Der Führer hat sich aufgesetzt, er glotzt vor sich hin und singt, aber er hat den Hut auf. Um Mittag wechseln wir die Schattenseite. Was für eine Brutofenhitze! Ja, sagt mein Freund heiser, wenn wir morgen abend das Wasserloch nicht finden, dann. Vor meinen flirrenden Augen sehe ich die Geier kreisen.
Es wird endlich Abend. In den letzten Sonnenstrahlen essen und trinken wir stehend, dann gehen wir, unsre langen Schatten vor uns, los durch den noch glühenden Sand, in die Dämmerung hinein. Während der Nacht halte ich meinen ausgestreckten Arm auf die Schulter des vor mir gehenden Freunds, der hinter dem Führer hertaumelt. Gegen Morgen fallen wir in den eiskalten Sand. Ich spüre, wie mir die Zehen einfrieren, auf dem Rücken, auf dem ich schnappend liege, bildet sich eine Eisschicht. Nur der Führer steht stumm. Auf sein schwarzes Gesicht fällt das erste helle Licht. Ich setze mich auf.

zend, strecke den Daumen nach vorn und fixiere die weißen Schneespitzen über den Wolken. Ich lausche. »So gesehen«, murmle ich, »hört man die Automobile gut.« Ich ziehe schnell mein Jägerleibchen mit den angenähten Manschetten aus und reibe heftig über die aufgescheuerte Haut. »Au«, wimmere ich, dann lächle ich. Ich schmiere die weiße Schutzcreme ein. Auf einem Bein

Rings um mich ist die unendliche Wüste, von Horizont zu Horizont, rotglühend in der Morgensonne. Meine Zunge klebt im Hals. Da schreit der Führer auf. Schon stehen wir alle und starren auf den Boden. Das ist tatsächlich eine Kaninchenspur, und das noch eine. Sie gehen in *eine* Richtung. Keuchend hasten wir hinter dem Führer drein. Es werden immer mehr Spuren, und dann liegen wir auf dem Bauch im schlammigen Sand, mit dem Gesicht im Wasserloch, zusammen mit zweiundzwanzig Kaninchen, die so ein Gedränge noch nie erlebt haben.
Der Tag am Wasserloch ist leichter als der gestrige. Die Sonne brennt, aber wenn der Kopf am Zerplatzen ist, tauchen wir ihn ins Wasser. Mit der Lupe zum Kartenlesen rösten wir in der Mittagssonne eines der Kaninchen. Noch eine Nacht Fußmarsch, und wir kommen an die Abhänge der Berge.
Die Felswände steigen schwarz vor uns auf. Wir steigen auf dem schmalen Serpentinenpfad. Jetzt habe ich die Führung übernommen. Unser Führer murmelt unverständliche Worte vor sich hin. Die Luft wird klar und leicht, unter uns, in der Tiefe, rauscht der Bergbach. Ich

weiterhüpfend streife ich mir die Nylonstrümpfe über, und daß dabei die Manschetten in den Staub fallen, ist mir egal. »Mein Strumpfhalter hat nur den Nachteil, daß der Halteknopf immer aus dem Metallbügel springt«, sage ich. Ich suche im Tiefkühlfach in einer Rucksackaußentasche nach den synthetischen Eiswürfeln, ich wische mir mit einem über die Stirn, die andern stecke ich in

gebe dem Führer die Hand, damit er heil über den letzten Schnee kommt. Immer wieder stehen die kleinen weißen Kapellen am Wegrand, an manche Unglücke, die auf den Tafeln darin beschrieben sind, kann ich mich noch erinnern. Wir steigen. Unser Atem bildet Wolken. Über uns scheinen die Sterne, und wir sehen sicher merkwürdig aus in unsern Wüstenausrüstungen. Die Arven und Föhren rauschen. Das Tal liegt im blauen Mondlicht, wir sehen bis nach hinten, da wo der Stausee ist, dessen himmelhohe Betonmauer die Eingeborenen nicht ohne ein Kreuzzeichen betrachten. Darüber ist der vergletscherte Paß«, über den jetzt nur noch die Stürme fegen.
Endlich biegen wir um die Ecke, und der Talkessel von Saas-Fee öffnet sich vor uns. Von weitem schon sehen wir die rote Laterne am Haus, das unser Ziel ist. Die Gletscher stehen eisblau vor uns. Es ist kalt. Das rote Licht ist nun ganz nahe, jetzt stehen wir vor dem ersten Holzstadel auf den Steinplattenpilzen. Einer muß klopfen. Der Führer, der wieder Mut gefaßt hat, tut es, aber dann stellt sich doch mein Freund als erster an die Tür, denn wir wissen nicht genau, was sie in den Bergen oben von einem Schwarzen halten. Es ist ein weiter Fuß-

den Mund. Mein Atem macht Wolken. Ich huste. »Entweder ich bekomme ein tödliches Fieber davon, oder ich überlebe«, sage ich. An den blaßblauen Abhängen vor mir sehe ich die ersten Eisrinnen, Steinabbrüche, Schneebrücken, Lawinenkegel. Ich sehe die Baumgrenze. Ich gehe immer schneller, im Taschenspiegel, den ich jetzt vor mir hertrage, sehe ich, daß meine Augen leuch-

marsch gewesen! Wir haben ein Vergnügen verdient! Die Tür geht auf. Wir treten in die rauchige Küche. Es ist ziemlich dunkel, das einzige Licht kommt von einer Stallaterne auf dem Holztisch und vom Feuer im Herd. Der Bauer und die Bäuerin sitzen am Tisch, sie machen die Abrechnung und schauen nur kurz auf, als wir hereinkommen. Die Mädchen sitzen in ihren Trachten auf den langen Bänken, sie kichern und lachen, als sie unsern Aufzug sehen. Verlegen drehe ich den Wüstenhut in der Hand. Mein Freund überwindet als erster unsere natürliche Scheu, er zieht den Burnus aus und sieht in seinem Unterleibchen eigentlich ganz manierlich aus. Er läßt sich mit einem der Mädchen in ein Gespräch ein, und auch unser Führer überwindet seine Hemmung. Er trommelt mit seinen geschickten Händen auf den Holztisch, daß das Weinglas des Bauern herumhüpft. Der schaut unwillig hoch und trinkt es aus, dann rechnet er weiter. Das Mädchen versteht den Führer, meinen Freund, ich sehe, wie sie zusammen nach hinten durch die niedere Holztür gehen. Ich, ich vermisse meine Freundin von damals. Vom Heuboden herab höre ich schon lange ein Stöhnen, in dem ich auch das ihre zu hören glaube. Ich ten. »Das habe ich mir gleich gedacht«, sage ich, dann heftet sich mein Blick wieder auf die Schründe. »Ich kann die Adler zwar nicht sehen, aber irgendwo sitzen sie in ihren Horsten.« Ich schraube an meinem ausziehbaren Fernrohr herum, dann setze ich es ans Auge. Ich sehe das Fadenkreuz mit den Ziffern, aber das Bergbild vor mir hüpft wie wild auf und ab. »Scheißperspektiv!«

setze mich. Noch immer drehe ich den Hut in der Hand. Endlich ist es, nach einem Schreien und Röcheln, still geworden da oben, endlich dann sehe ich Miriams Beine oben auf der Heubodenleiter. Hinter ihr kommt ein alter Mann in einem blauen Bauernkittel herabgeklettert. Er geht an den Holztisch und tut das Geld darauf. Miriam erkennt mich nicht, sie lächelt mich unbestimmt an, das muß der Burnus und meine rotgebrannte Haut sein. Erst im Heu, als ich den Hut nicht mehr vor mir her trage, kann sie sich an mich erinnern, und wir sind wie eh und je. Danach, am Holztisch, habe ich dann einige Schwierigkeiten, weil der Bauer meine afrikanischen Münzen nicht annehmen will. Unser Führer, der auch wieder da ist, haut ihm eins an den Kessel. Die Mädchen, die ihn schon längst nicht ausstehen können, halten sich die Bäuche vor Lachen. Wir verabreden uns für morgen, wir wollen im Gänsemarsch durch die Wüste zurück, weg von diesen Berglern und Touristen. Die zertrampelte Leiche des Bauern werfen wir in den Bergbach, dann machen wir uns auf den Weg. Die Mädchen waren noch nie in der weiten, roten Wüste, sie haben noch nie ein Kaninchen gesehen.

rufe ich. Ich stoße es in die Leinwandhülle zurück. »Als Albert Schweitzer einmal durch ein Touristenfernrohr, in das er eine Münze geworfen hatte, über die Altstadt von Tanger blickte«, sage ich, »sah er auf einer Dachterrasse ein nacktes Mädchen, das sich mit den Händen langsam über seinen heißen Körper strich. Albert Schweitzer wurde es ganz schwindelig, als er das sah. Plötzlich wurde

Als wir um die Ecke in den Serpentinenweg einbiegen, fragen wir uns, was das für ein seltsames Geräusch ist. Das Tal liegt grün und ruhig unter uns, aber vom Horizont her kommt ein drohendes Donnern. Da schäumen die Wassermassen schon um die Felsecke. Sie schieben Tannen, Dörfer, Kirchen, Herden, Menschen, Gerölle mit sich, im Nu ist das ganze Tal ein reißender, tobender Fluß. Sein Wasser ist braun, zitternd schauen wir talabwärts, da, wo wir am Horizont die hitzeflimmernde Wüste sehen. Jetzt sehen wir das Wasser auch dort unten. Wie eine braune Zunge schiebt es sich in die Wüste, immer weiter hinein, bis es dort unten aussieht wie ein fernes braunes Meer. Hier oben hat sich der Strom indessen beruhigt, er fließt nun wieder tief unten im Tal, nur, daß keine Arve und Tanne mehr steht, kein Telefonmast, kein Stadel. Wir stehen auf und machen uns auf den Weg. Vom Serpentinenweg ist nichts mehr zu sehen, immer wieder gleiten wir auf den verschlammten Felsplatten aus. Jeder von uns ist für zwei Mädchen verantwortlich, ich für Miriam und Bernadette. Stundenlang klettern wir über die Baumstämme. Endlich erreichen wir den Ausgang des Tals, den Beginn der Wüste von das Bild im Fernrohr schwarz, und Albert Schweitzer, der kein marokkanisches Einfrancstück mehr bei sich hatte, ging vor sich hinbrummelnd nach Hause, in sein christliches Hospiz.« Ich lache. Ich lasse kein Auge von den Felswänden, über die das Eiswasser schäumt. Wolken fegen vorbei. Ich sehe, daß, vor mir, der Weg steil aufwärts geht. Mein Herz klopft. Ich sehe nach oben,

damals. Das Wasser steht hier noch metertief. Die herabgeschwemmten Körper der Talbewohner bilden ein Delta. Rittlings auf einem Baumstamm sitzend, paddeln wir uns durch sie hindurch. In einem der Gesichter glauben wir einen Augenblick lang den Bauern von gestern zu erkennen, aber schon dreht ihn die Strömung auf den Bauch. Bald haben wir die schrecklichen schwimmenden Bauern hinter uns. Bald sehen sie nur noch wie ferne Seerosen aus. Wir rudern hinaus in die freie Wüste. Die Sonne ist heiß, und wir kühlen uns mit dem braunen Gletscherwasser. Nach Stunden des Ruderns sehen wir wieder ein paar so schwimmende Blumen. Das sind jetzt Kaninchen, sage ich zu den Mädchen, die noch nie eins gesehen haben. Endlich stößt unser Bug auf Grund. Wir gehen zu Fuß weiter, wir sinken ein im sumpfigen Boden, aber mit der Zeit wird der Boden härter und hart, und schließlich stehen wir in der Wüste, die nur noch ein schmaler Streifen ist. Wir schauen zurück und sehen, daß schon die ersten Gebüsche aus dem bewässerten Boden kommen. Es ist schlimm. Wir wollen nicht mehr zurücksehen. Wir gehen über die letzten Wüstenmeter, bis da, wo die Gebüsche beginnen. Ich nehme unsre an-

dem sich im Heidelbeerkraut verlierenden Weg nach. Dann drehe ich mich um. Schnurgerade geht meine Spur über die öde staubige Ebene, in die blasse Sonne am Horizont hinein.
Ich zucke mit den Schultern. Langsam steige ich den Bergweg hinauf. Ich setze regelmäßig Fuß vor Fuß. Ich überwache meinen Puls. Ich trage jetzt mein rotes Hemd mit meinen Initialen, meine rotweißkarierte Ärmelschürze, meine rutschenden Söckchen und meine Heilandssandalen mit den Löchern in den Sohlen. Ich trage die Tasche mit dem Einmannzelt aus Fallschirmseide über die linke Schulter gehängt. Ich beuge den Kopf nach hinten und spüre den kühlen Plasticüberzug meines Schlafsacks. Ein leichter Wind weht. Über mir, in der Gebirgsluft, sehe ich einen schwarzen Punkt. Mein Herz stockt. Ich renne ein paar Schritte, dann luge ich nach oben. »Stanley belastete immer nur ein Bein«, keuche ich, »er hatte eine eigene

gebundene Botschaft ab und stopfe sie in die Tasche. Jetzt, wo wir das Brüllen der Löwen und den Donner der Elefanten hören, soll alles anders werden. Tagsüber wollen wir auf unsern schattigen Schilfmatten liegen, und nachtsüber auch.

Technik, sich zu schonen.« Ich gehe langsam. Ich mache ein paar Notizen über meinen Laufstil. Schnaufend bleibe ich dann stehen. Ich wische mir den Schweiß von der Stirn, ich drehe mich um. Tief unter mir sehe ich die Ebene. »Ich muß schon recht große Buchstaben schreiben, um sie in diesem Licht überhaupt lesen zu können«, sage ich, während ich eine Lageskizze der Ebene mache, mit den Lichtverhältnissen, den Reben, der Schlurfspur. »Herrgott, bin ich schon weit gegangen!« rufe ich. »Nie hätte ich das gedacht, niemals!« Ich greife mir an den Hals, dahin, wo die Drüsen sind. Ich lächle. »Ja«, rufe ich, »es ist wunderschön in diesen einsamen Vorbergen.« Ich schaue mich um, während ich langsam weitergehe. Äpfel prasseln von den Bäumen, und Schnecken kriechen über den Weg. »Stanley wohnte in einem Haus, in dem seine Mutti plötzlich im Estrich hing und der Vater mit Frauen Sachen machte, an denen sie starben. Dafür ist er noch gut herausgekommen.« Meine Nagelschuhe knirschen. Ich reiße, im Vorbeigehen, eine Mohnblume aus. Ich halte sie an die Nase. »Riechen die wirklich so?« sage ich mit weit aufgerissenen Augen. Ich blättere in meinem Buch mit den Geruchsbeschreibungen, als ich die richtige Seite gefunden habe, rieche ich an ihr. Ich nicke. Im Gehen schlage ich mein Wasser ab. Ich packe dann schnell meinen Chemiekasten aus und hänge ihn mir am Lederriemen um den Hals. Während ich mit regelmäßigen, wiegenden Schritten weitersteige, analysiere ich die Atmosphäre. Ich halte das Reagenzglas vor mir in die Höhe. Die gemessenen Werte trage ich auf der Innenseite des Deckels ein. Ich rechne, mit murmelnden Lippen. Dann vergleiche ich meine Ergebnisse mit dem statistischen Durchschnitt. »Nicht einmal die Neunerprobe kann ich richtig«, murmle ich, »es ist ein Kreuz.« Ich werfe die verschiedenfarbigen Flüssigkeiten, die in Flaschen mit Totenköpfen drauf sind, in ein ausgetrocknetes Bachbett. Mit einem heftigen Knall schlagen sie auf den weißen Ufersteinen auf. Ich lache, ich sehe, wie sich ein Spritzer ins Leder meines Handschuhs frißt. Ich zerre ihn von der Hand und werfe ihn weg, ins gelbe Gras. »Auch Handgranaten gehorchen einem nicht immer aufs Wort«, sage ich. »Albert Schweitzer zum Beispiel hatte keinen Ring- und Zeigefinger mehr, weil er, in

seinem oberelsässischen Dialekt, viel zu langsam auf zehn zählte, bei der Bekämpfung der Neger von Lambarene.« Ich atme die kühle Bergluft ein, die mir ins Gesicht weht. »Ahh!« sage ich.
Ich beobachte den Höhenmesser. Langsam klettert die Marke nach oben, Meter um Meter. »Wenn ich zu schnell steige, werde ich das Klima der Hochalpen nicht ertragen«, sage ich. Ich ziehe den Pullover aus ungereinigter Schafwolle an. Ich stinke. Ich hole, im Gehen, meine auf Mikrofilm kopierten Fotos und das Betrachtungsgerät aus dem Rucksack. Ich starre durch die Linse. »Mit Sportkappen sitzen die Leute auf Fahrrädern!« rufe ich. »In Einerkolonnen marschieren sie untergehakt, mit Fahnen! Mit blutigen Köpfen sitzen sie in einem uralten Gasthof und singen, und in den seit Jahrhunderten ausgetretenen Schwellen sind Zaubermittel eingemauert! Die Frauen sind jung, sanft, rührend, sie blicken bittend und ernst, sie haben Herzmünder und sind glücklich [8].« Ich wische mir mit dem Ärmel den

---

[8] Gegen Abend komme ich endlich in meinem Vaterdorf an. Nächte habe ich geträumt vom Geruch, von der Luft, vom Regen, abends, in meiner Straße, in meiner

Speichel vom Kinn. Ich starre auf die Karte, den Kompaß, den Steigungsmesser. Ich kaue an einer Sauerampfer, dann spucke ich aus. Vor meinen Bergschuhen wimmeln Kartoffelkäfer. »Ich kenne mich aus in solchen Vorbergen«, sage ich, »die Männer sitzen mit einem heißen roten Kopf am Abendessentisch. Schweigend starren sie vor sich hin, und ihre Frauen und Mütter und Schwestern

stinkigen Stadt. Mein Herz klopft. Erst gehe ich in den Ochsen und bestelle einen Obstler mit Eis. Die Reisetasche stelle ich unter den Tisch. Den Filzhut behalte ich auf dem Kopf.
Der Ochsen ist noch immer braungetäfert und ziemlich dunkel, die Tische sind aus Holz, und an den Wänden hängen Kästen mit Pokalen von Schießfesten. Ich setze mich unter die große Fahne. Ich zünde mir ein Streichholz an, weil ich mich freue, die Hölzer wieder zu sehen. Die Wirtin ist eine alte Frau. Sie kommt angeschlurft und schaut mich wortlos an. Sie trägt schwarze Kleider, sie hat einen krummen Rücken, ihre Haare sind in einem Kopftuch. Sie stellt mir den Obstler hin, ohne Eis. Einen Moment grinst sie, wegen meinem Hut. Sie hat einen gelben Zahn. Ich sehe mich um. Es ist schön zu Hause. Im Halbdämmer dort hinten sitzen drei andere alte Frauen. Sie rauchen ihre Zigarren und kichern. Jede hat etwas in der Hand, und jetzt wendet sich die, die mir den Rücken zuwendet, nach mir um. Ich tue den Filzhut von meinem Kopf, jetzt sehe ich vielleicht mehr aus wie von hier. Ich *bin* von hier. Ich bestelle noch einen Obstler. Die Tür öffnet sich, ich spüre den kalten Wind, immer mehr alte

warten angstvoll auf das Gewitter.« Ich nehme einen Anlauf und gebe einem Stein einen Fußtritt, auf einem Bein hüpfe ich weiter. »Plötzlich stehen sie auf. Wortlos werfen sie die Haustür zu und gehen mit zusammengebissenen Zähnen ins Wirtshaus. In so einem Fall bestellen die Männer sich eher einen halben Liter Weißwein als ein Bier, weil Bier müde macht.« Ich sehe, wie sich

Frauen kommen herein. Sie setzen sich an die Tische und reden mit kreischenden, heiseren, sägenden Stimmen. Sie trinken Rotwein aus Zweizehngläsern, die die Wirtin, die jetzt nicht mehr schlurft, herbeibringt. Alle haben eine Handarbeit in der Hand, eine Schere, ein Rasiermesser, eine Nadel, eine Säge. Sie beißen den Faden ab, ohne mit dem Reden aufzuhören. Jetzt steht eine von den Frauen auf, sie geht auf die Klosettüre dort hinten zu. Die andere Alte geht gleich hinter ihr drein, sie spricht mit zischenden Lauten in ihren Rücken hinein, und mit der Schere schnippelt sie auch im Gehen.
Plötzlich, wie der Habicht aus dem heiteren Himmel, setzt sich eine an meinen Tisch. Sie hat kein Instrument. Ihre Augen erinnern mich an etwas. Wo nur habe ich sie sitzenlassen, und warum? Sie hat ein Gesicht wie aus Kalk. Es ist starr und runzlig. Ihre Hände sind grau. Ich lächle. Erst jetzt bemerke ich, daß sie doch etwas in der Hand hat, einen Knochen, einen so kleinen, daß er kleiner als ihr kleiner Finger ist. Sie hält ihn mir hin. Ich trinke schnell einen Schluck Obstler, es hat keinen Sinn, denke ich, jetzt hinauszustürzen, mit der ganzen schwarzen Horde auf den Fersen. Ich bestelle noch einen. Die

über der Bergwand, zu der ich auf dem schmaler werdenden Feldweg langsam hinaufsteige, Wolken ballen. Ich höre ein fernes Donnern, und die Schreie ferner Gemsen. Ich atme tief ein. »Die Männer, die sich schon im Gehen den Kittel ausgezogen haben, stehen stumm in der Wirtschaft, grad bei der Tür«, sage ich. »Sie schauen sich mit ihren blauen Augen die Gäste an, einen nach

Wirtin steht schon da, sie hat sich überhaupt verändert, sie lächelt jetzt fast zufrieden. Trinken Sie nichts, sage ich zu meinem uralten Gegenüber. Da sehe ich, daß der gelbe Knochen in meiner Hand eher ein Zahn ist, ein großer, scharfer, alter. Ich fröstle. Mein Vaterdorf liegt 480 Meter hoch, und es ist Ende Oktober. Ich stehe auf, ich lächle entschuldigend, vorsichtig gehe ich durch die Tischreihen nach hinten, zu den Hintertüren. Die Frauen tun keinen Wank, das hätte ich nicht gedacht, höchstens, sie hören einen Augenblick mit ihrem Reden auf und schauen. Hinter der Theke, da, wo der Scheideweg zwischen Herren und Damen ist, sehe ich, daß die eine Tür eine gebückte schwarze Frau hat, die andere einen ranken schlanken Jüngling. Zu spät sehe ich dann die vielen Käfige im dahinterliegenden Korridor, die Tür ist schon ins Schloß gefallen. Ich erhole mich langsam von meinem Schrecken, als ich sehe, daß die Käfige leer sind, alle völlig leer, wie für große Kaninchen oder kleine Bären. Probeweise setze ich mich in einen. Ich bin froh, daß ich der alten Frau vorhin das Knöchelchen weggenommen habe. Schon stehen alle vor mir, sie drängen sich vor meinem Gitter. Das dürfen sie doch gar nicht, in dem andern. Dann setzen sie sich einem von ihnen gegenüber.« Ich packe den Ast eines Kirschbaums und reiße ihn mit einem Ruck ab. »Die Männer schauen dem, dem sie sich gegenübergesetzt haben, in die Augen, jeder seinem. Sie starren. Es soll ruhmvoll, aber nicht tödlich sein.« Ich schaue an mir herunter, auf meine gehenden Beine, auf meine schwingenden Arme. Über die grünen Hügel hinweg sehe ich auf die Ebene zurück, in der die Tümpel dampfen. »Hier wird es immer dämmriger«, sage ich in mein tragbares Tonbandgerät. Ich notiere die Ziffer des Laufwerks und die Uhrzeit in das kleine schwarze

die falsche Tür. Ich sehe, wie sie schnattern und ihre gichtigen Finger durch das Gitter tun. Ich halte den Knochen hin. Sie greifen daran herum. Es erinnert sie an ihre Jugend, aber nicht genügend. Sie stöhnen. Sie geben mir einen Obstler hinein, und noch einen und noch einen. Jetzt haben sie mich soweit, daß ich das Knöchelchen nicht mehr finde, und schon machen sie den Käfig auf. Daß ich ihre Münder jetzt über mir sehe und ihre Hände spüre, hängt sicher mit meiner Besoffenheit zusammen. Vor mich hinbrammelnd binde ich mir einen der daliegenden Ziegelsteine um den Hals, beim Hinausgehen, mit meinem Strick, mit meinem Klotz, fällt mir plötzlich ein, daß es in dieser Wirtschaft früher einen Pianisten gegeben hat. Ich trete in die frische Luft der Alpennacht hinaus. Jetzt höre ich ihn.

Wachstuchheft, das ich mit einer Schnur am Tonbandgerät festgebunden habe. Eine Weile lang halte ich das Mikrofon in den heftiger gewordenen Wind, der von den Bergen herabkommt. Ich höre mir, in meinen Kopfhörern, die klagenden Laute an. Ich fröstle. »Wenn der eine Einheimische genug geschaut hat«, sage ich dann, »dann sagt der andere: was ist, willst du einen auf den Schnauz?« Ich lache und ruckle meinen Rucksack, der mir gegen die Kniekehlen schlägt, den Rücken hoch. »Das Gegenüber wird rot im Gesicht, es nimmt plötzlich das Bierglas und schüttet es dem andern Einheimischen ins Gesicht. Alle, die sich gegenübersitzen, tun das jetzt. Schon stehen alle, mit roten Gesichtern, schweigend, mit ihren Kitteln in der Hand. Die andere Hand ist noch um das leere Glas geklammert.« Ich stecke einen Finger in den Mund und halte ihn in den Wind, dann ziehe ich mir meinen grauen Anorak an. Regenwolken ziehen der dunklen Nordwand entlang. »Die Wirtschaft ist voller Burschen und Mädchen! Die Burschen stellen alle langsam die Gläser auf die Holztische und bekommen glasige Blicke. Die Mädchen klettern auf die Bänke und kreischen.« Ich atme tief ein. »Sie schauen jeden an mit ihren glänzenden feuchten Augen; sie denken, ach, von diesem oder jenem werde ich mich zum Siegesbier einladen lassen.« Ich seufze. ›Es wird eine ungeheure Schlacht sein‹, denke ich. Ich schaue auf die Roggenähren, in die Windstöße fahren. Ich stöhne. Ich schlage, im Vorbeigehen, mit meinem Spazierstock gegen einen verwitterten Grenzstein. Mörtel bröckelt von ihm ab, und ich trage die kaum lesbare Meilenzahl in mein Kilometerbuch ein. Dann sage ich: »Der zuerst aufgestandene Einheimische zielt mit einem zugekniffenen und einem offenen Auge, und der erste Schlag donnert in das glühende Gesicht des Kontrahenten. Alle schlagen nun, mit Fäusten, Stühlen, Flaschen, und das Serviermädchen, dem niemand etwas tut, rettet stumm, was zu retten ist.« Ich röchle. Kühe muhen in der Ferne, und das Gehege, an dem ich entlanggehe, tickt. Weidenstrünke stehen in kleinen schwarzen Bächen. Stiere gehen über die Weide. Auf dem Weg liegen Fladen. Ich lache. Mit einer wilden Handbewegung verscheuche ich einen Fliegenschwarm, der um meinen Kopf surrt. »Es ist wunderbar«, sage ich dann leise, »danach. Sieger und Besiegte liegen zertrümmert auf dem Wirtschaftsboden, unter den zerfetzten Mobiliarresten. Aber die Geliebten kümmern sich zärtlich um sie, sie weinen und lachen, sie tupfen den Verletzten mit ihren Tampons das Blut weg und streichen ihnen die verklebten Haare aus den Stirnen.« Mein Herz klopft. Ich greife mir mit der Hand, zwischen den Knöpfen hindurch, ins Hemd und streiche mir über die Haut. »Ich habe keine Haare«, flüstere ich. Ich trinke einen Schluck Wein aus dem Fäßchen, das ich an einem Riemen um den Hals trage. Ich spucke ihn aus. Langsamer gehend suche ich im Rucksack nach den vakuumverpackten Brausetabletten, die sich, im Fall einer Trockenheit, mit Frischluft zu einem Limonadengetränk verbinden. Ich schaue schließlich auf die Rucksackliste und finde die Tabletten in der Geheimtasche unter der Verschlußklappe. Ich öffne die Hülle und lege sie in einen Plasticbecher. Das rosa Getränk schäumt bis zum Rand hoch. Ich lache. Ich trinke in gierigen Schlucken, bis zum Becherboden, auf dem ich das zerschrumpelte Staniol sehe. Ich hebe den Kopf, atmend. Ich sehe, daß der Sturmwind hoch

oben auf der Gipfelwächte den Schnee aufwirbelt. »Fast allen Himalajaforschern hat man fast alle Zehen amputiert«, sage ich, während ich den Schuhriemen des rechten Schuhs fester knüpfe, »Scott hatte, als er tot auf seinem Tagebuch liegend aufgefunden wurde, unförmige Klumpen in den Schuhen, wie blutiges, verkohltes Fleisch [9].«
Ich stöhne. Ich renne mit wuchtigen Schrit-

[9] Ach, ein wilder Wind fährt durch meine Haare, als ich barfuß durch den Schlamm der Feldwege auf den Bahnhof zugehe. Ich friere. Der Bahnhof ist schwarz. In der Halle brennt eine Glühlampe. Ich gehe vorsichtig mit meinen Füßen. Die Grillen lärmen, es raschelt hinter den Mülleimern, den Fahrkartentonnen, den Kiosken. Eine dicke Staubschicht liegt auf dem Brett am Schalter. Ich klopfe an die trübe Scheibe, mit einem Fünffrankenstück aus Silber. Der Beamte, der geschlafen hat, nimmt im Aufwachen meine Fahrkarte aus dem Briefumschlag vor sich, er sagt, jetzt hat mir doch wirklich von Ihnen geträumt, von Ihren Augen, Ihrer Stimme, Ihrer warmen Hand, Ihrem Atem. Ich bezahle. Er zählt meine Fünffrankenstücke sorgfältig nach, jetzt, wo er den Kopf hebt, sehe ich, daß er milchigweiße Augen hat. Ich sehe in sie hinein. Der Rolladen des Schalters rumpelt vor ihm herunter, es wird dunkel in der Halle, weil er jetzt auch die Glühbirne ausgedreht hat. Anders als sonst gehe ich nicht durch die Unterführung, sondern springe über die Geleise und schaffe es auch gerade noch vor dem gewaltigen TEE, der donnernd in die Halle fährt. Meine Krücke zersplittert hinter mir unter den Rädern

ten, wilde Gedanken fahren durch meinen Kopf. Ich presse die Hände gegen meine kalten Ohren, aber ich höre, wie der Trinkbecher, der hinten am Rucksack angebunden ist, gegen die Lawinenopfersuchstange schlägt. Ich sehe die Felsrunsen hinauf. Darüber schweben die Schneebretter, die jeden Augenblick losbrechen können. Maiensässe mit schwarzen Holzhütten stehen zwischen

der Lokomotive. Jetzt hält der Zug. Die Stimme da am Lautsprecher, die ich nicht verstehe, das ist er. Irgendwie komme ich in den Wagen hinein, ich habe ja noch die andere Krücke. Ich gehe ins erstbeste Abteil. Auch dieser Zug riecht nach Staub. Schon fahren wir, die zwei, drei Lichter von Tiefencastel sind schon vorbei. Es ist dunkel draußen, trotzdem wäre ich eigentlich gern in dem Wagen mit der gläsernen Aussichtskanzel, ich will bis Milano oder noch weiter und etwas sehen. Lautlos fährt der Zug durch die Hügellandschaft, manchmal sehe ich ein erleuchtetes Fenster an mir vorbeizischen, das heißt, stundenlang könnte ich am Fenster der Nachbarin lauern, aber sie hat keinen Freund, sie zieht sich nicht aus, sie kratzt sich nicht am Hintern. Sie hat zwar einen Hund, aber sie tut ihm hundskommunes Bonzo Felix in den Hundeteller. Der Zug fährt schnell. Der Fahrtwind pfeift durch das Abteil. Wo, zum Teufel, habe ich nur meine Schuhe gelassen, jetzt, im November? Mein Wagen hat wenige Fahrgäste, das heißt, er hat gar keine, nur mich. Drum wohl haben sie auch das Nachtlicht eingeschaltet. Ich lege die Tageszeitung weg. Ich sehe mich um im Abteil, überall hängen Sicheln an der Wand. Sie krummen, verwitterten Arven. Ich rufe in die Bergwand hinein. Ich nehme das Echo auf dem Kassettenrecorder auf. Mit dem Kohlestift mache ich eine Skizze in den Zeichenblock. Ich wische mit dem Daumen darüber, damit das Bild schattig wird, dann sprühe ich es mit dem Fixativspray ein. Ich stecke eine Ähre in den Mund. »Livingstones Frühstück bestand auch im schwärzesten

gehören einem, der jetzt nicht im Abteil ist. Ich friere. Ich wage nicht hochzusehen. So ein Zug ist sehr niedrig und glatt gebaut, wie soll da jemand im Gebälk hängen? Ich gehe, mich an den Stangen vor den Fenstern haltend, durch den Korridor des Waggons in den nächsten, den übernächsten. Sie sind leer, wenn ich von den vielen Sägen einmal absehe. Wir fahren schnell. Die Kupplungen zwischen den Wagen quieren. Heute, wo schon die zwanzigjährigen Mädchen weinend aus den Bürohäusern springen, wo soll das mit diesem Zug enden? Meine Füße vibrieren, sie spüren den Druck der Räder gegen die Geleise in den Kurven. Ich komme in den Speisewagen. Auch hier ist nur dieses Blaulicht. Ich setze mich an einen Tisch, mit dem Rücken zur Fahrtrichtung, die Bedienung bringt mir einen Tee, und erst, als sie mich beim Weggehen anlächelt, sehe ich, daß sie auch so milchige Augen hat. Ich trinke. In den Kurven ist mein Teespiegel ganz schräg, schnell schlucke ich alles hinunter. Die Bedienung sitzt dort am Zugsfernschreiber, ich stelle mich zu ihr an die Bar, ich diktiere ihr, während ich einen Orangensaft aufmache, daß ich mir gar nicht vorzustellen wage, wie es im Führerstand der Lokomotive dieses

Afrika aus Kartoffeln, Eiern, Milchkaffee«, sage ich, »da kannte er nichts, der Doktor.« Der Wind bläst in den Filzhut, den ich am Kinnriemen in der Hand trage. Wie ein Drache fliegt er hinter mir her. »Ganze Trägerkolonnen mußten Kondensmilch, Würfelzucker und Zichorienzusatz mitschleppen.« Ein feiner Sprühregen fährt mir ins Gesicht. »Nanu«, rufe ich und wische

Zugs aussieht. Sie lächelt leise, während sie schnell die Tasten niederdrückt. Ich weiß ja, diktiere ich, alle Lokomotivführer haben ein Totmannpedal, wenn sie es nicht jede Minute drücken, hält der Zug automatisch. Aber gilt das für alle und jeden? Lieber Gott, tippe ich jetzt selber in den Fernschreiber, denn die Bedienung ist mit ihrem Lächeln in die Küche gegangen, wenn ich jemals wieder lebend aus diesem Zug herauskomme, trete ich zum katholischen Glauben herüber. Noch lieber wäre mir jetzt vielleicht ein altes Grammofon mit der Platte Das ist die Liebe der Matrosen, das, zusammen mit einer Flasche Grappa, wäre eine annehmbare letzte Stunde. Ich seufze. Die Bedienung, die mir aus der Küche einen Grappa bringt, ist zwar nackt, aber nur unter den Kleidern. Sie riecht nach Staub und nimmt mir allen Mut, auch hat sie so Zähne. Ich stiere zum Fenster hinaus. Wenn ich nicht wüßte, daß wir gen Italien fahren, ich würde denken, wir stehen irgendwo in der Gegend. Alles ist schwarz. Ich trinke einen Schluck Grappa, ich proste der Bedienung zu, aber ich weiß nicht, ob sie es gesehen hat. Sie sieht mich an. Da tickert die Antwort aus dem Fernschreiber. Ich erkenne die Handschrift, ja, ich vermir mit dem Ärmel über die Augen. Ich gehe über feuchtes, federndes Gras, zwischen davonhüpfenden Fröschen und Kröten. Feuersalamander kriechen unter Felsbrocken. ›Auf solchen Matten finden Schlachten statt‹, denke ich, ›sie sind schon fast zuungunsten der Bauern entschieden, da kommen die Frauen mit ihren Mistgabeln angestürzt und stecken sie den Herrenmenschen in die

stehe, was er meint. Er schreibt von der Zielscheibe, dem Stoffneger, dem Gummizwerg und vor allem vom Kasper aus Holz. Soll ich abspringen? Ich kann nicht, der Fahrtwind weht mich ins Abteil zurück. Ich setze mich wieder hin, erst jetzt merke ich, daß ich gar nicht durch das Glasfenster, sondern in einen Spiegel geschaut habe. Habe ich solche Augen, wirklich? Das ist furchtbar. Es ist gut, daß mich mein kleiner Fernschreibpartner nicht sieht, er ist auch schon wieder weiter weg als vorhin. Ich tickere in Großbuchstaben, daß ich mich jetzt endlich ausziehe und jetzt auf dem Rücken liege. Ich lösche auch die Tangobeleuchtung aus. Endlich, vor der Einfahrt von Bivio, entgleist der Zug. Wie eine Feuertraube stürzt er von der großen Eisenbahnbrücke hinunter in das Geröll des Flusses. Ein Donnern wie noch nie sagt den Bewohnern, die aus ihren Betten hochfahren, daß etwas Schreckliches passiert ist. Der Anblick des verbogenen, rauchenden Metalls ist grauenvoll. Die Sturmlaternen der Suchmannschaften schwanken hin und her. Es windet. Die Leiche des Lokomotivführers kann nirgendwo gefunden werden, sie ist in alle Winde zerstreut. Da ich der einzige Überlebende bin, kümmern

Bäuche.‹ Mit ruhigen Schritten gehe ich auf ein Gatter zu, ich drehe es, ich sehe, während ich den Rucksack durch die schmale Öffnung zerre, über die Hügel hinunter bis in die Ebene, die sich jetzt, weit hinten, im hellen Dunst verliert. »Gewinnen tut bei Schlachten seit jeher, wer die praktischere Kleidung hat, die Bauern, die Neger, die Vietnamesen.« Ich notiere die Beobachtung. Ich schlurfe einem Bach entlang. Ich suche, weil der Wind immer heftiger wird, in meiner Lunchtasche nach dem Kraftband. Es ist aus braunem Leder. Ich binde es mir ums Handgelenk. »Es verleiht mir Bärenkräfte«, rufe ich, »es hilft gegen alle Nervenschmerzen.« Ich lausche in den Talkessel hinein. »Was ist das für ein Rumoren? Für ein Donnern? Krachen?« Mit den Fingerspitzen fahre ich über meine verschwitzte Brust. Adler kreisen am Himmel. Ich lockere den Tragriemen des Karabiners. »Eine gute Ausbildung ist der beste Schutz gegen

sich die vielen schnauzbärtigen Krankenpfleger nur um mich. Sie tun und machen an mir herum. Sie mullen mich mit weißen Mullbinden ein. Ich freue mich. Ich schaue schließlich an mir herunter. Ach, es ist so schon ein Fortschritt.

Gefahren. Stanley konnte karabinerschießen, maschinenpistolenschießen, leuchtpistolenschießen. Er konnte das Vaterunser auf lateinisch.« Ich entsichere das Gewehr und schieße in die Luft. Ich beobachte den Dezibelmesser. »Ich spinne«, sage ich, entriegle das Karabinerschloß und sehe, wie die leere Patronenhülse hinter mir ins Gras fällt. Ich gehe schneller.
»Uff!« sage ich, als an meinem Handgelenk dann endlich die Weckeruhr surrt, »wieder eine Stunde!« Ich drehe mich um und mache, mit dem Froschaugenperspektiv, eine Panoramaaufnahme der Landschaft unter mir. Ich starre auf das Bild, während ich es im Fixierbad schwenke. Ich sehe alles ganz genau, die Ebene, den Fluß, den fernen roten Qualm am Horizont. Ich nehme das Bild aus der Fixierwanne und verdeutliche mit einem schwarzen Filzstift den Verlauf meiner Spur. »Sie ist wahnsinnig dünn, dabei trete ich bei jedem Schritt wie der Teufel auf.« Ich sehe Kirchen, Bauernhäuser, eine Autostraße. »Die Bauern nennen sich hier Antiquare«, zische ich und zerreiße das Bild, »die Großmutter schläft in einem Bett mit einem Preisschild daran, und wenn ein

ausländischer Kunde kommt, wird sie in die Küche gesperrt.« Vor mich hinbrummelnd steige ich weiter. Der Fluß, den ich entlanggehe, donnert zwischen Felswänden. Ich atme, mit offenen Nüstern. »Es riecht nach Eiswasser«, sage ich, »eigentlich nur Gerüche machen mich ganz glücklich.« Die Wurzeln der Tannen hängen ins Wasser. »Hier kann man mit bloßen Händen Forellen fangen, vorausgesetzt, man greift nicht einem Hecht zwischen die Zähne.« Ich sehe, daß der Höhenmesser über die erste rote Marke geklettert ist, und schneide, mit meinem Pfadfindermesser, eine Kerbe in meinen Wanderstock. »Sir Hillary machte für jeden Achttausender eine Kerbe, Scott für jeden Pol, Albert Schweitzer für jeden operierten Neger, Parry für jede Eskimofrau. Livingstone hatte keinen Stock, oder kein Messer, oder er wollte nicht.« Die Gischt eines Wasserfalls sprüht mir ins Gesicht. Ich stoße Luft durch meine Zahnlücken, indem ich die Zunge an die obere Zahnreihe lege. Der Wind rauscht in den nassen Ästen der Tannen, in denen Bergkäuze schreien. Ich steige, immer wieder vergleiche ich Uhr, Höhenmesser und Luftdruckgerät.

Dann bleibe ich auf einer schrägen Felsplatte stehen. Ich prüfe, ob die Rucksackschlaufen richtig verschlossen sind. Mein Herz klopft. Ich hacke mit dem Geologenhammer ein Stück Bergkristall ab. Vorsichtig kontrolliere ich die Sicherheitssiegel der Dynamitpatronen, die ich am Gürtel hängen habe. »Wenn ich unglücklich hinfalle«, murmle ich, »hinterlasse ich einen riesenhaften Sprengkrater.« Ich atme. »Als der junge Stanley nicht mehr atmen konnte oder wollte, setzten ihn die Ärzte in ein Sportflugzeug. Der Pilot flog mit ihm über die Berge hin, über Schluchten, Eisabbrüche, Tobel. Stanley glotzte entzückt hinaus. Da sagte der Pilot zu ihm, was er mit ihm machen werde, wenn er nicht sofort aufhöre mit dieser Keucherei. Stanley sah ihn mit großen Augen an. Erst als er seine Mutter wieder in die Arme schloß, setzte seine Atemnot wieder ein.«
Ich marschiere an einem gelben Wegweiser vorbei. Meine Füße rauschen im feuchten Laub. Rechts und links am Hohlweg, in dem ich jetzt gehe, liegen Baumstämme, auf denen Moos wächst. Der Weg ist glitschig. Ich rieche an einer Aster, dann schaue ich auf die

weißen Nebelfetzen, die vor den Bergwänden stehen. Ich lege meine Wasserwaage auf einen der Baumstämme und beobachte die Blase, die in eine Ecke des Sichtfensters saust. Ich lächle. Ich klebe Millimeterpapier an den untern Rand meiner Karte, dahin, wo die Schraffur der Berge und Täler abbricht. Ich zeichne meinen Weg ein. ›Livingstone verbrachte schließlich sein halbes Leben innerhalb der weißen Flecke auf der Landkarte‹, denke ich. In einem feinen Sprühregen steige ich weiter. Über mir steht ein Regenbogen. »Man kann schon in die Sonne hineinsehen, ohne zu erblinden«, sage ich, und ich habe das Gefühl, in eine schwarze Wand hineinzugehen. Schlammiges Wasser rinnt den Fußweg hinunter. Ich öffne eine Öse am Hals meines Jackenkragens. »Als Stanley ein Kind war, schossen ihm die Wildhüter immer ihre Schrotladungen in den Hintern. Ich, wenn man mich beschösse, ich würde gewaltige Sprünge nach links und rechts machen, um die Kugeln herum.« Die Farnkräuter vor mir biegen sich im Wind. Boviste wachsen zwischen Kriechgebüschen, sie stauben, als ich hineintrete. »Wie ein Pfeil rannte Stanley dahin, mit seinem blauen

Mund, mit seinem blutigen Rücken«, rufe ich und schaue über die hartgefrorenen Ackerschollen hin nach oben, zu den Felswänden, in den Eisregen. »In Afrika dann lauerte Stanley den Hasen auf. Er packte sie an den Hinterbeinen und haute ihre Köpfe auf den dürren Steppenboden.« Ich nehme meinen Filzhut vom Kopf und wische mir mit meinem Halstuch über die Stirn. Im nassen Gras sehe ich verlöschte Feuerstellen. »Einmal geriet Stanley mit seiner Karawane in eine Hornissenattacke. Es stimmt, sagte Stanley zu sich, während er durch das Glasfenster seiner Sänfte auf die tobenden Träger schaute, zwei töten einen Menschen und fünf ein Pferd.« Brombeergesträuche streifen mein Gesicht.
Die Karrengeleise im Weg, der immer steiler nach oben führt, werden tiefer. Disteln wuchern darin. Ich rufe, mit einem uralten Jägerruf. Mein Echo rollt den Bergkessel über mir hinauf. Eine Lawine staubt, kaum hörbar, hoch oben über die Felsabbrüche. Ich nehme einen Schluck heißen Tee aus dem Schlauch, der durch meinen Jackenärmel zur Thermosflasche an meinem Gürtel führt. Ich schlucke. Ich sehe mir in meinem Taschen-

spiegel meine Zunge an, sie ist weiß. ›Sie ist weiß!‹ denke ich. Ich bücke mich im Gehen und pflücke einen Steinpilz. Ich tue ihn in die Botanisiertrommel. Ich klebe die Büchse mit einem Tesastreifen zu. Ich höre, wie der einsame Pilz innen herumpoltert. Meine Füße rutschen in den Schuhen hin und her. Ich sehe nach vorn. »Herrlich!« rufe ich, »toll!« In einem morschen Holzstück sind Zeichen eingeritzt. Ich starre darauf. Im Weitergehen blättere ich in meinem Buch mit den Zeichenerklärungen [10]. »Wie lange habe

---

[10] Langsam senkt sich die Sonne in den Horizont der Nordsee. Der Leuchtturmwächter, in seinem Bratenrock und seinem öligen Hut, steht, auf seinen uralten Stock gestützt, vor der Tür des weißen Leuchtturms und sieht auf das Meer hinaus. Er sieht die Insel, die Möwen, das Schaf, die Anlegestelle mit den morschen Holzplanken zwischen den Felsen. Kurzes Stoppelgras wächst zwischen den Steinen. Es wird vom Abendwind geschüttelt. Der Leuchtturmwächter schaut zum gelben Himmel hoch. »Wenn nur diese kleinen Wolken nicht wären«, brummelt er, »und das Meer sieht aus wie altes Motorenöl.«
Die Möwen krächzen. Der Wind schlägt den Fensterladen zu, von dem die Farbe abblättert. Das Meer rauscht. Die Schuhe des Leuchtturmwächters knirschen im Sand, als er zum Turm zurückgeht. Er hört den Transistorradio aus dem Wächterraum. Er räuspert sich und spuckt auf den Boden, kurz vor der Tür. Der Schwellenbalken ist ausgehöhlt, von den Schritten seiner Nagelschu-

ich keine solche Natur mehr gesehen, in Wirklichkeit«, brumme ich, »noch nie eigentlich.«
Ich schraube den heizbaren Plasticgriff, in den ich zwei Stabbatterien geschoben habe, in das Gewinde meines Schirms. Ich halte ihn über mich, während der heftiger werdende Regen darauf prasselt. Ich blase in meine nassen Hände. Ich wische sie an meinem roten Frotteehandtuch ab, das wie eine

he. Er bleibt stehen. »In mir drin ist es wie viele Fische, die um ihr Leben zucken«, sagt er.
Er geht die steile Holzwendeltreppe hoch, langsam, schnaufend. Er ruht sich auf jedem Absatz aus. Auf der Plattform der Leuchtkanzel oben zieht er den Hebel herunter. Er kreischt, dann rastet er ein. Der Scheinwerfer dreht sich langsam, gegen Dänemark, gegen den Nordpol, gegen Grönland, gegen die hohe See. Die tiefen Sonnenstrahlen liegen auf dem dunklen Meer. Dann steht der Leuchtturmwächter im blendenden Licht des Leuchtkegels. Stolpernd tastet er sich zur Treppe zurück.
Unten setzt er sich an den Holztisch. Er schenkt sich einen Korn ein. Er schaut sich, mit gerunzelter Stirn, die Flasche an. »Es kann schon sein, daß ich es selber war«, brummt er. Er trinkt das Glas, mit einem Ruck. Er sieht zum Fenster hinaus, auf die See, auf die kleinen gelben Wolken im letzten Licht der verschwundenen Sonne. Vater, ach Vater, was stieren Sie so?
Ich, in meinem nebligen Süden, denke an die Fische, wie sie auf dem Tisch der Fischfrau liegen. Dann wähle

Fahne hinten an meinem Rucksack hängt. »Wenn Stiere auftauchen«, sage ich, »muß ich schnell meinen Rucksack wegwerfen, und ohne ihn bin ich verloren.« Meine Schuhe bleiben im Himbeergestrüpp hängen. Fluchend schaue ich auf meinen blutig gekratzten Arm. Ich werfe den Rucksack ins Gras, hastig nehme ich das Stereoskop daraus, stelle es auf einen Baumstrunk, schiebe

ich mit klopfendem Herzen 0045 5 und dann die 1. Der Leuchtturmwächter hat das einzige Telefon der Insel. Ich sitze.
Es klingelt. Ich zittere. Ist es, weil der feldgraue Hubschrauber so tief über mein Dach fliegt? ›Das ist das verdammte Hafenamt‹, denkt der Leuchtturmwächter an seinem Tisch vor seinem Korn, ›aber ich habe auch meinen Stolz.‹ Hochaufgerichtet schaut er auf den klingelnden schwarzen Kasten. Er gießt sich mit zitternden Händen einen neuen Korn ein und trinkt ihn in einem Zuck. Vater, ach Vater, ich will Sie doch nur warnen! Ich kenne den Ausgang der Geschichte, oder wenigstens so ungefähr! Schnaufend lege ich den Hörer auf die Gabel.
Dieses ferne Heulen des Winds von Albaek, ist das nur der Wind? Die Fensterscheiben erzittern unter dem Druck der Luft. Es ist dunkel. Der Leuchtturmwächter zündet die Petroleumlampe an. Sie flackert. Der Leuchtturmwächter schüttelt das Transistorradio, das ausgesetzt hat. »Saustück, mistiges«, ruft er. Er haut es auf den Boden. Er trinkt den Rest der Flasche in einem Schluck, und einen Augenblick lang kommt ihm der Wind

die staubigen, matt glänzenden Glasplatten hinein und starre durchs Objektiv. »Ohh!« sage ich, »ja! Das ist der Mann, der durch den meterhohen Schnee geht. Ja! Hier ist die Frau, die schreiend in ihrem vornehmen Salon sitzt. Dies ist das Kind, im Kindersarg.« Ich huste. Ich gehe weiter, durch Fasane und Wachteln hindurch, die am Wegrand sitzen. Die Zweige der Gehölze,

draußen fast gewöhnlich vor. Das Zimmer dreht sich um den Leuchtturmwächter. »Hilfe«, sagt er. Er hustet. »Vielleicht«, brummelt er, »bin ich längst tot, vielleicht auch haben sie vergessen, daß ich den Leuchtturm bediene, jetzt, wo es nur noch Flugzeuge gibt. Ich sollte telefonieren«, sagt er, »aber nicht dem Hafenamt.« Er schlurft im Zimmer herum. Er bleibt stehen, er entsinnt sich, wie einer sekundenschnellen Sonne, des Lebens von früher. Er setzt sich auf den Stuhl. Er schlägt sich mit der Hand auf die Stirn. »Herrgott«, brummt er, »diese Wiesen, diese Büsche, diese Blumen, diese Stimmen.« Seine Finger fahren den Holzplanken entlang, seine Augen folgen ihnen. Er entziffert die Nummer, die er vor hunderten Jahren dort eingekerbt hat. Zitternd wählt er meine Nummer. Er hält den Hörer in der Hand wie eine Giftschlange. Seit Jahren hat er nicht mehr telefoniert. Vater, ach Vater, jetzt ist die Leitung von den Kraken des Nordmeers längst zerfetzt.
Das Herz des Leuchtturmwächters schlägt heftig, als er merkt, daß die Leitung tot ist. Er setzt sich an den Tisch. Undeutlich kann er sich an mich erinnern, in meinen Strickhosen, meiner Wollmütze, meinen Fausthandschu-

durch die ich hindurchsteige, verzahnen sich in meinem Rucksack. Ich zerre daran. Ich rieche Moos, Schwemmholz, Algen, angeschwemmte Lurche, Kröten. Weidenzweige hängen ins Wasser. »Und was«, flüstere ich, »wenn etwas unter ihnen hervorragt, ein Bein, ein weißlicher Arm, ein Kopf mit starren, aufgerissenen Augen?« Ich fasse mich an die Stirn. Schnell trinke ich einen halben

hen. Seine Fäuste krallen sich an die Tischkante, während die Bildfetzen durch seinen Kopf zucken.
Schon geht es besser, so gut schon, daß er sich vor allem andern ein Bier holt. Seine Finger sind weiß und kalt. ›Ich bin wie ein rohes Ei‹, denkt er, ›ich bin todallein auf meiner Fischinsel.‹ »Weißt du«, sagt er zur Flasche, »ich traue mich nachts nicht in den Leuchtturm, vor Angst, da könnte einer hängen im Gebälk.«
Das Wasser rauscht. Der Leuchtturmwächter öffnet das Fenster. Ein nasser Wind schlägt ihm ins Gesicht. Er leckt das Salz von den Lippen, während er, vor sich hinredend, zur Tür hastet. Er nimmt den Wettermantel, den Wetterhut und den Stock vom Haken. Der Wind heult. Er öffnet die Tür. Die See donnert. Nach wenigen Schritten steht er fußtief im Wasser. Das Wasser! »Das Boot!« ruft er. Er versucht, etwas zu sehen in der heulenden Finsternis.
Er tastet, mit vorgebeugtem Oberkörper, herum. Er greift in das nasse, verfilzte, tote Schaf, das an ihm vorbeitreibt. Er stürzt ins Wächterzimmer zurück. Mit der Matratze und dem umgekippten Tisch verbarrikadiert er die Tür. Das Wasser dringt durch die Ritzen. Er dreht

Meßbecher des Medikaments gegen zuviel Blutfett. Ich singe leise. Wasser dringt in meine Bergschuhe. »Auf den Mond, das können sie!« schreie ich, »aber Schuhsohlen machen nicht!« Ich gleite auf dem Gras der steil ansteigenden Wiese aus. Mit klappernden Zähnen ziehe ich die Schuhe mit den abgelaufenen Nägeln aus, ich werfe sie in eine Wasserleitung, die aus ausgehöhlten

wie wild am Telefon, jetzt wäre ihm jede Hafenbehörde recht. Das Meer drückt die Fensterscheiben ein. Er sieht, wie die Kornflasche sich mit Wasser füllt. Sie schwimmt aufrecht im Wächterzimmer. Gluckend sinkt sie zum Boden ab. Der Leuchtturmwächter steigt, brammelnd, Stufe um Stufe die Wendeltreppe hoch, er sieht immer nach unten, wo ihm das Wasser langsam nachfolgt. ›Jeder Leuchtturm hat ein endgültiges Oben‹, denkt er, als er im heulenden Wind auf der Plattform steht. Vater, ach Vater, jetzt steht das Wasser Ihnen bis zum Halse! Noch einige Schlucke, und der Leuchtturmwächter kippt nach hinten um. Im Osten geht die Sonne auf und färbt die Spitze des Leuchtturms von Albaek goldrot. Der Leuchtturmwächter liegt im Sonnenlicht. Er ist naß und klein. Langsam klettert die Sonne den weißen Turm hinunter, bis auf den Boden der Insel, über das Gras, über das Schaf, über das Boot, über die Möwen. Sie fällt auf das spiegelglatte blaue Meer. Es ist windstill. Die Vögel krächzen. Ein neuer Tag hat begonnen.
Erst da komme ich auf die Idee, daß ich ja weiß **der** Teufel 0045 5 wählen kann und dann die Hafenbehörde. »Um Gottes willen«, rufe ich, »fahren Sie so schnell es

Baumstämmen angefertigt ist. Ich schlüpfe in die Kletterschuhe, ich klinke die Schnallen zu. Mein Atem macht große weiße Wolken. Ich richte mich auf. Ich schraube das Fernrohr auf das Stativ, mit dem antimagnetischen Tuch wische ich die Linse sauber, die sich jetzt aber mit feinen Wassertröpfchen beschlägt. Dann sehe ich fast lotrecht nach oben, auf die verwaschenen Stufen des Wegs, und weiter. »Ach, verdammt«, murmle ich mit klopfendem Herzen, »ich muß über glitschige Felsen, über Gerölle, über Schnee, über das Eis.« Ich lasse das Fernrohr stehen und gehe los. Mit meinen klammen Fingern reiße ich die orangefarbene Packung meiner Kraftnahrung aus Malz auf. Ein Bild fällt

nur geht nach Albaek. Ich fürchte, es ist etwas passiert, ein Unglück, ein Todesfall.« Zwei Stunden später ruft mich der Beamte an. »Sind Sie schon einmal in Albaek gewesen«, fragt er mich. »Natürlich«, sage ich, »sonst wüßte ich nicht, wie es dort ist, der Turm, der Felsen, das Meer, das Gras, das Boot, die Möwen.« »Ja«, sagt der Beamte, »genau so ist es, nur, das Boot steht vor der Tür oben, das Schaf liegt im Gras, und im Wächterzimmer steht eine Kornflasche, die voll mit Salzwasser ist. Der Leuchtturmwächter liegt oben auf der Plattform.« Ich lausche. Mein Atem pfeift. »Danke«, flüstere ich, »werden Sie seine Stelle neu besetzen?« Der Beamte antwortet mir. Dann hänge ich auf.

heraus. Ich schaue es an. »Jesses, das ist ein völlig vergessener berühmter Forscher.« Ich lache. Die Malzbrösel fliegen mir in den Halsausschnitt. Mit dem Handrücken wische ich das Geschmier weg, das ich um den Mund habe. Der Reißverschluß der Windjacke schlägt an meine Wange. Ich schnaufe. Der Fels, auf dem ich gehe, ist feucht, naß, kühl, und Wasser rauscht darüber hinweg. »Wenn ich denke, daß früher kleine Mädchen diesen Weg gemacht haben, Haustiere, alte Weiber.« Felsblöcke bilden die Tritte des Wegs, er führt zwischen knorrigen Zwergarven hindurch, und Wasserfälle stürzen jetzt an mir vorbei in die Tiefe. Verkohlte Baumstämme liegen im Alpenrosengesträuch. Ich schlurfe durch Arnikas, Disteln, Hauswurze, uralte Narzissen, ich pflücke eine und stecke sie ins Knopfloch. Ein Stein springt in großen Sprüngen den Abhang hinunter, ich höre, wie er durch die Föhrenäste unter mir stürzt. »Geduldig erklärte Stanley den Mitarbeitern seiner Dschungelexpedition immer wieder, daß ihnen nichts passieren kann, wenn sie in einen Laubbaum hineinspringen. In der Tat spießte sich dann auch nur ein einziger an einem Ast auf.« Ich

atme regelmäßig und achte auf einen langsamen Schrittrhythmus. Ich blicke in tiefe Schlünde. »Man wirft Kinder hinein«, murmle ich. Mit meinem rotweißkarierten Taschentuch wische ich mir den Schweiß in den Achselhöhlen weg. »Scott hatte lebenslang ein wildes Surren in den Beinen, es verschwand erst, als ihm die Beine abzufrieren begannen.« Sprühregen tropft von den Arven, und Bergdohlen hüpfen über Baumstrünke in den Nebel hinein.
Ich blicke unverwandt auf den Sauerstoffmesser, und als er endlich die Prozentzahl erreicht, in der Laubbäume, Schweine, Hofhunde nicht mehr gedeihen können, wende ich mich um und sehe nach unten. Eine Nebeldecke liegt über der Ebene. Ich höre pfeifende Murmeltiere, und sofort pfeife ich durch die Finger. »Da staunt ihr, ihr Trampel«, rufe ich über die Geröllhalden hinweg. Ich notiere die genaue Höhe der Gipfel vor mir. »Das ist wichtig«, schreibe ich neben die Zahlen. Ich lese das Barometer ab, dessen Nadel auf Veränderlich steht, und auf Feucht. Ich notiere die Werte auf seidendünnes Papier. Dann schreibe ich noch einen Gruß darauf. »Es ist zwar unwissenschaft-

lich«, murmle ich, »sicher aber darf ich mir das erlauben, in dieser Lage.« Ich rolle das Papier zu einem kleinen Röllchen und stecke es in eine Metallpatrone. Ich pumpe einen Meldeballon an der Gasbombe auf, die ich auf dem Rücken mit mir trage. Ich halte den Ballon mit den Zähnen fest und binde, mit beiden Händen, die Kapsel dran, dann prüfe ich mit hochgehobenem nassem Finger die Windrichtung. »Ja«, murmle ich, »das ist der klassische Föhn, von dem ich gehört habe.« Ich lasse den Ballon los. Ich sehe ihm nach, wie er davonfliegt, durch die Nebel, über die tiefen Tannen, über die Dunstschwaden in der Ferne. Bald ist er, tief unten, nur noch ein kleiner Punkt über den weißen Wolken. Er ist schön. Dann verliere ich ihn aus den Augen, und erst als er weit hinten ins Sonnenlicht kommt, erkenne ich ihn wieder. Ich seufze, dann wende ich mich ab. »Dieses Wetter macht Kopfweh«, sage ich, schütte mir ein Kafa-Pulver auf die Zunge und spüle mit Eiswasser nach, das ich mit der hohlen Hand aus einem vorbeistürzenden Bach schöpfe. Ich schaue nach oben, auf tosende Wasserwände. »Livingstone versteckte sich tagelang hinter einem Wasser-

fall. Er hatte den Mut, durch die Wasserwand hindurchzuspringen, auf die trockene Seite.« Ich lächle, während ich jetzt, mit meinem aufgespannten Regenschirm, unter der Gischt hindurchgehe. Ich reiße eine seltene Silberdistel aus und tue sie in die Botanisierbüchse. Den Steinpilz, der vielleicht ein Knollenblätterpilz ist, werfe ich zwischen die Felsbrocken. Mit großen Sprüngen renne ich bergaufwärts, singend oder stöhnend. Steinhühner fliegen vor mir auf, sie schreien und flattern, als hätten sie lahme Flügel.
Die letzten kurzwüchsigen Arven stehen im Stoppelgras, dann endlich sehe ich die kahlen Abhänge über mir, die Felsrinnen, die Runsen, in denen Schneereste liegen, die Gerölle, die ewigen Schneefelder und die Gletscher. Über der Gipfelwächte weht der Sturm den Schnee in den schwarzen Himmel. Ein eisiger Wind fegt mir ins Gesicht. Ich ziehe den Reißverschluß des Anoraks hoch, nur meine Nase schaut jetzt noch heraus, zwischen Kragen, Schutzbrille und Bergkappe. Ich halte mich beim Steigen an Grasbüscheln und Edelweißen. Als ich ausgleite, stütze ich mich schnell auf dem rechten Knie auf, an

das ich Gummistollen mit tiefen Profilen geschnallt habe. Meine Bergschuhe knirschen im Kalkgestein. Das Wasser bildet im Kalksand Runsen. Ich blicke auf meine verschlammten Hände, Unterarme, Knie. »Hillary bestieg seinen ersten Achttausender hauptsächlich deshalb«, brumme ich, »weil die Wasser der Bergbäche hinter ihm so reißend geworden waren, daß ein Umkehren unmöglich wurde.« Jeden Fuß sorgfältig belastend gehe ich über eine steile Schieferplatte. Ich komme zum ersten Schneefeld. Ich rieche die gute kalte Luft. Ich reibe mir mit dem Schnee das Gesicht ab. Ich beiße in einen Schneebrocken. Dann nehme ich die Kautschukstulpen aus dem Rucksack und ziehe sie über die Schuhe. Dreck, Steine, Geröllbrocken rutschen in einen weißen Wasserlauf hinunter, als ich auf dem Kalkweg etwas zu weit außen gehe. In meinem Taschenspiegel, den ich an einer langen Kette in der Uhrentasche trage, sehe ich, daß mein Gesicht rotgebrannt und gegerbt ist. Ich zwicke mich in die Haut. Ich stampfe. »Wenn ich mir meine Finger aus Hartgummi überstülpe, kann ich die Bergvipern in die Abgründe stoßen. Ich sehe sie gern, wie sie pfeifend und zischend die Felsplatten hinabstürzen.« Ich gehe auf einem schmalen Felsband. Ich sichere sorgfältig, wenn ich die Füße in die Felsrisse stelle. »Wenn es Tiere hier oben gibt«, schreie ich über die Abgründe hin, »dann Steinböcke, Gemsen, Elche, Wollschafe, Murmeltiere, verirrte Bergamaskerhunde.« Ich schlage mir mit der Faust auf den Kopf. »Es gab und gibt kein Mittel gegen die Schwarzen Witwen. Wer auf eine tritt, hat noch zwei Minuten für den Abschied, und aus.« Ich reibe mir die Augen. Meine Hände greifen nach oben, tastend suche ich mir in einem Felsband einen sicheren Griff. Ich ziehe mich hinauf, mit den Händen in eine Felsrille verkrallt. Schweiß läuft mir über die Augen. Dann knie ich zitternd auf dem Felsband. Ich atme heftig. Ich ziehe mir die schwarzen Lederhandschuhe an. Ich sichere den Rucksack mit dem Sicherungsseil aus Nylon, das ich um einen Felszacken schlinge. »Also freiwillig würde ich das alles nicht tun«, murmle ich. Dann erhebe ich mich. Aufgerichtet, mit einem stolzen Blick, stehe ich im Dämmerlicht des Bergabends. Herabstürzende Felsbrocken fegen an mir vorbei.

Ich steige weiter, mit regelmäßigen Schritten, ich schleife den Rest der roten Lawinenschnur hinter mir her. Ich lese, im phosphoreszierenden Licht der Gletscher, die über mir sind, den Rezeptzettel der Erbsensuppe, die ich aus dem Vorratssack genommen habe. Dann werfe ich ihn weg. Ich sehe, wie er vom Wind weggewirbelt wird. Ich sehe ihm durch den Feldstecher nach. Ich sehe die Sonne. Ich notiere mir, daß man die Sonnenflecke einzeln zählen kann. Dann reiße ich schnell die Stanniolpackung auf, in der das Erbssuppenpulver ist. »Scott aß, als er Hunger bekam, erst seine Cornedbeefs, dann seine Schlittenhunde, dann seine Eskimos.«
Ich schaufle Schnee in die Aluminiumpfanne des Metakochers. Ich suche lange nach den Streichhölzern. Dann zünde ich, mit meinem trockenen Moos, indem ich die beiden vorbereiteten Holzstäbchen in rasendem Tempo zwischen meinen flachen Händen bewege, die Metatabletten an. Sie brennen mit einer blauen Flamme. Ich halte einen Finger in die Suppe, dann nehme ich den Löffel, der, wenn man ihn umdreht, auch als Gabel verwendbar ist, aus der Seitentasche des Rucksacks. Ich esse. »Mmm«, sage ich laut. Ich

wische den leeren Topf mit einer Handvoll Schnee aus, dann werfe ich ihn weg. Fast hüpfend gehe ich weiter. Meine Schuhe knirschen im Schnee. Ich kontrolliere den Metavorrat. »Es wird gehen, vorausgesetzt, daß ich nicht in einen Schneesturm komme.« Ich zurre die Rucksackriemen fester. Gerölle türmen sich vor mir auf, und vor jedem Schritt prüfe ich die Festigkeit der Felsbrokken, auf die ich meine Füße stelle. Meine Vibramsohlen hinterlassen nasse Tappen auf den Felstritten. Mit einem gewaltigen Satz springe ich über ein Loch zwischen zwei Felsen. Ich halte, während des Sprungs, mein Windrad in die Höhe, das mit dem Geschwindigkeitsmesser an meinem Gürtel verbunden ist. Das Rad schwirrt. Ich trage die Geschwindigkeit ins Rekordbuch ein. Mein Herz klopft. »Scott und seine Leute marschierten, dem Ende schon nahe, 23 Stunden bei Windstärke 8. Dann, als sie die fast zugewehten Spuren vor sich sahen, merkten sie, daß sie im Kreis herumgegangen waren«, sage ich. Ich sehe den Abhang hinauf. Über mir ist wildes Gerölle, bis zu einem Felsabbruch, bei dem ein schwarzgraues Gestein beginnt. Ich lausche. Ich höre ein Heulen, es ist der Wind über den Felszacken. Zitternd blättere ich im Vogelbestimmbuch. Ich reiße eine Seite mit der Abbildung einer Bergtaube aus dem Buch. Ich stecke sie in meine Hosentasche. Ich werfe das Buch in eine Alpenrosenstaude. In den Gesteinsritzen bildet sich Eis. Ich klettere zwischen sich auftürmenden Geröllbrocken einen Kamin hoch. Mit breitgestellten Beinen stütze ich mich ab, bevor ich den nächsten Schritt mache. Ich sehe nach oben. »Über Livingstone wurde es einmal plötzlich dunkel, und als er hochsah, sah er, daß die vermeintliche Wolke ein Geierschwarm war«, sage ich. Ich spüre den Wind im Gesicht. Ich huste. Ich steige weiter. Während ich durch den schwarzgrauen Gesteinsschutt schlurfe, binde ich mir mein Taschentuch vor Nase und Mund. Ich taste nach dem Sauerstoffgerät, das ich auf dem Rücken trage, über dem Rucksack. Ich spüre die Metallflasche, den Druckregler, die Falten des ausziehbaren Gummischlauchs, die Segeltuchhülle, in der die Gesichtsmaske steckt, und die Reißleine für den Notfall. Ich atme. Ich lege den Daumen an die Schläfe. Ich zähle. »Ich bin völlig ruhig«, murmle ich. Ich lache keuchend

und lasse Schwarzpulver in den Lauf meiner stummeligen Pistole rinnen. »Eigentlich sollte ich eine ganze Armee sein! Einer mit einem wilden Gesicht! Einer, der die Zähne zusammenbeißt! Einer, der kämpfen will! Einer mit glühenden Augen! Einer mit einem festen Schritt! Einer mit einem Löwenmut!« Ich schwinge den linken Arm im Marschtempo. Feiner Schneeregen fährt mir ins Gesicht. Mein Herz schlägt heftig. Zitternd bleibe ich stehen. »Bin ich nicht richtig im Strumpf?« sage ich. Ich binde mir die Schnürsenkel noch fester.
Dann, nachdem ich tief eingeatmet habe, gehe ich mit ruhigen Schritten auf einem weißen Kristallgesteinsband weiter. Über mir stehen jetzt gezackte Felstürme. Ich nehme den Belichtungsmesser vor und lese die Zahl ab, dann lege ich, im Schatten meines Körpers, den besonders lichtempfindlichen Film in die Kamera ein. Ich öffne die Blende so weit wie möglich. Ich knipse eine Aufnahme nach der andern, von der ganzen Bergkette vor mir, von der Berg- und Hügellandschaft unter mir, von der Ebene. »Livingstone«, sage ich, »mußte durch manche Adlerherden hindurch, die so eng

beisammensaßen, daß er mit Schwimmbewegungen zwischen sie greifen mußte. Er wußte nicht, waren die Gegenstände, auf denen sie saßen, Eier oder Teile einer früheren Beute.« Ich lächle. »War ein plazierter Schuß das richtige, oder war er sein Todesurteil?« Ich sehe, daß ich schwarze Hände habe. »Es ist schon zum Keine-Luft-mehr-Kriegen.« Es windet jetzt heftiger. Ich sichere mich an einem Haken, ich packe die Herzmittelspritze aus der Hausapotheke. Ich drücke auf den Spritzengriff, bis die Flüssigkeit aus der Nadel kommt, dann wische ich mir mit einem Wattebausch, den ich in meinem Kirschwasser getränkt habe, die Einstichstelle in der Armbeuge sauber. Ich steche. Einen Augenblick lang schließe ich die Augen. Ich stöhne auf. »Ich darf keine Sekunde verlieren, keine Sekunde«, rufe ich und löse das Sicherungsseil. Regenwolken treiben vorbei. Ein Sturmstoß reißt mir den Regenhut vom Kopf. Ich erschrecke. Ich fletsche die Zähne. Ich sehe, wie der Hut über die Abhänge segelt. Er bleibt tief unten an einer Föhre hängen. Ich schiebe den Hut mit der Feder unter den Gürtel. Am Horizont in meinem Rücken ist der Himmel blau.

Ich gehe los, bergwärts. Ich trete kräftig auf. »Ich werde mich rächen, eines Tages, das werde ich«, sage ich laut [11]. Ich wische mir die Tränen aus den Augen. Ich bewege heftig die Arme. Plötzlich schiebe ich eine Kassette in meinen Recorder, den ich über der rechten Schulter trage. Ich stelle ihn auf ganz laut. Ich summe. »Ja«, summe ich im Takt, »das ist meine Lieblingsmelodie.« Ich stütze beim

[11] Ich sitze im Bade und schaue in einer Zeitschrift die farbigen Fotos mit den Mädchen an, als das Telefon klingelt. Ich klettere aus dem heißen Wasser, ich binde mir ein Handtuch um, obwohl wir kein Fernsehen haben. Ich tappe durch den Korridor, in mein Zimmer. Hallo, sage ich. Mein Gesprächspartner spricht ein gebrochenes Deutsch bzw. ein ungebrochenes Schwedisch. Zuerst bin ich verdattert. Dann merke ich, daß es der König von Schweden ist. Ich stehe höflich auf von meinem nassen Stuhl. Was führt Sie zu mir, Herr König, frage ich. Das versuche ich Ihnen doch schon die ganze Zeit zu erklären, ruft er. Es ist wegen dem Nobelpreis. Aha, sage ich. Dann schweige ich. Ich will mich mit meiner Reaktion auf keinen Ast herauslassen, vielleicht will er nur meine Meinung über Uwe Johnson, Richard Nixon und Doktor Barnard. Aber der König redet weiter, und ich merke, ich bin es wirklich. Ich gratuliere, sagt der König, Sie haben das diesjährige Nobellos gezogen. Ich möchte mich bedanken, sage ich. Welchen Nobelpreis habe ich denn bekommen? Den für Frieden natürlich, sagt der König, und mir kommt es auch ganz natürlich vor.

Steigen die Hände auf die Oberschenkel. Ich blicke die fast lotrechte Wand hinauf. »Ich denke überhaupt nicht ans Abstürzen«, rufe ich und stehe, einen Augenblick lang, auf einem Bein. Ich klettere auf einen Felsgrat. Ich stelle die Fußspitzen in Felsenritzen. Ich klammere mich mit den Händen fest, ich sehe, zwischen meinen Beinen hindurch, über die Felswand nach unten. »Was für Klüfte!«

Natürlich werde ich den Preis persönlich abholen. Ich bin noch nie in Stockholm gewesen, überhaupt noch nie in Schweden. Ich freue mich, die andern Preisträger kennenzulernen, den Deutschen Moser (Literatur), den Franzosen Kurts (Medizin), den Schweizer Gander (Chemie) und den Türken Krüger (Agrikultur). Ich verabschiede mich von meinen Freunden und Freundinnen und mache mich auf nach Stockholm. Ich nehme die große Reisetasche mit, für das Geld. Nach einer Stunde schon nimmt mich einer mit am Frankfurter Kreuz. Er will mir nicht recht glauben, daß ich den Nobelpreis abholen gehe, aber weil ich so friedlich dasitze in meinem neuen Frack, überzeuge ich ihn am Schluß doch. In Kopenhagen stürze ich mich sogleich aufs Schiff, weil ich weiß, auf diesem Schiff wird getrunken wie nirgends sonst auf der Welt.
Auch ich bestelle mir sogleich eine Flasche Aquavit. Es ist eine, die auf einem Schiff um die ganze Welt gefahren ist, aber, das schwöre ich, so weit wird sie nicht nochmals fahren. Ich schütte den ersten Dezi in mich hinein. Rings um mich sind hochgewachsene schwedische Staatsbürger, die schon einen beträchtlichen Vorsprung haben,

rufe ich. Als ich auf einem breiteren Felsband stehe, ziehe ich mir die Pelzhandschuhe aus und reibe meine Hände mit meiner Kälteschutzcreme ein. Eiskristalle sprühen aus meinem Mund. Ich nehme eine Dopingtablette. Sie schmeckt fast wie eine Zitrone. »Hans Hass«, murmle ich mit klappernden Zähnen, »hielt eine ganze Woche in einem Loch aus, vor dem eine Muräne auf und ab

weil sie sich auf der dritten Überfahrt befinden. Tatsächlich, ich verstehe sie, dieser Aquavit, den die Eingeborenen hier Äquävit nennen, schmeckt herrlich. Er kann jedem unserer Obstler das Wasser reichen. Kurz vor der Abfahrt kommt auch noch Bodil, die ich von früher her kenne, aufs Schiff, und nun ist das Glück vollkommen. Sie hat es in der Zeitung gelesen, auf dänisch, und sie will mir helfen, die erste Hälfte des Geldes schon in Stockholm zu verjuxen. Nun sind wir auf hoher See. Weil wir zu zweit sind, brauchen wir eine zweite Flasche. Wir sind zu viert, mit vier Flaschen, auf zwei Schiffen, als die schwedischen Festländer sichtbar werden. Dort, auf den Quais, warten die Empfangkomitees.
Ich falle allen Mitgliedern friedlich um den Hals, manchen mehrmals. Ich hätte das nie von ihnen gedacht, ich in meinen jungen Jahren. Ich verspreche ihnen, daß ich eine schöne Dankrede halten werde. Die alten Herren mit den weißen Bärten freuen sich. Sie heißen zum Teil selber noch Nobel, und einer, der würdigste unter ihnen, handelt immer noch mit Sprengstoffen. Mit ihm unterhalte ich mich am besten. Obwohl friedlich, interessiert

schwamm.« Ich schlage einen Metallhaken in den Fels, mit einem Weberknoten befestige ich das Sicherungsseil daran. Während ich dann weiterklettere, donnert ein gewaltiger Felsklotz einige hundert Meter von mir entfernt in die Tiefe. Meine Ohren dröhnen. »Donnerwetter«, sage ich, »Herrgott.« Während über mir noch kleine Steine den Berg hinunterschlagen, sehe ich, wie tief

mich das In-die-Luft-Jagen ungemein. Er erzählt mir allerlei von seinen Erfolgen, von einstürzenden Brücken, von Hochhäusern, von Flugzeugabstürzen. Er wird auch langsam betrunken, aber er muß ja nicht auf die Rednerbühne, wie ich, in zehn Minuten.
Die zehn Minuten sind um. Ich habe meinen schwarzen Smoking an, ich habe mir Brillantine ins Haar getan und die Fingernägel geschnitten. Konzentriert steige ich das steile Holztreppchen hoch, auf das Rednerpult mit den Blumen. Gott sei Dank habe ich nicht den Preis für Literatur bekommen, ich müßte jetzt wohlgesetzte Worte setzen. So kann ich mich auf einen flammenden Appell beschränken. Ich ernte donnernden Beifall. Ich verbeuge mich höflich, dann gehe ich schnell zum Kassier und frage ihn, wo das Geld ist. Er zeigt es mir. Es ist in große Säcke abgefüllt, die im Vestibül stehen. Auch die andern Preisträger streichen schon unruhig darum herum. Ich kann es nicht lassen, ich knüpfe den auf, auf dem mein Name steht. Sowieso kommt er mir nicht ganz so voll vor wie der für Chemie. Es sind schwedische Kronen drin. Das muß ein ungeheures Vermögen sein. Es gibt Leute, die diesen Sack abgelehnt haben, aber von

unten die gewaltigen Felsenmassen eine Schneise durch die Tannen schlagen. Dann ist es wieder still. Ich atme. Ich stülpe mir, mich mit einer Hand an den Fels klammernd, die Ohrenschoner aus Plüsch über. Ich ziehe die Seidensocken mit den Heizdrähten an, und die pelzgefütterten Schuhe, die windundurchlässigen Hosen mit den eingenähten Unterhosen aus Watte, den dicken Leder-

den hier Anwesenden sieht keiner danach aus. Vielleicht sollte ich ihn dem Kanton Wallis schenken, für die Alpenerschließung. Ich will es mir überlegen.
Da kommen die schwedischen Mädchen angestürzt. Ich habe viel von ihnen gehört, von ihrer Zartheit, von ihrer Mitternachtssonne. Einige werfen sich dem Literaturpreisträger um den Hals, aber die andern sind begeistert von meiner Rede. Insbesondere die Passage, wo ich sage, was man mit dem Präsidenten der Vereinigten Staaten machen soll, hat ihnen gut gefallen. Ich kann mich nicht erinnern. Sicher habe ich eine friedliche Lösung vorgeschlagen, sage ich.
Fast hätte ich mein Geld vergessen. Ich gehe zurück ins Vestibül und sehe doch tatsächlich, wie die Preisträger für Chemie und Agrikultur sich hinter meinen offenen Sack gemacht haben. Eine Handvoll Kröners haben sie schon in ihre Taschen gestopft. Je nun, denke ich, es muß auch solcher Gattung Leute geben.
Im Laufe des Abends, in den schwedischen Bars, kann ich mir dann auch kaum erklären, warum der Sack immer leichter wird. Entweder, er hat ein Loch, oder die unzähligen Damen und Herren, die an unserm Tisch sit-

mantel, die Kletterhandschuhe mit den Gummidaumen. Ich hole den Brillenspray aus der Rucksacktasche und besprühe meine Gletscherbrille. »Fast jeden Tag mußte Scott einen Eskimo im Eis zurücklassen«, sage ich, »weil dieser in der Mitternachtssonne plötzlich schneeblind geworden war.« Die Steigeisen klirren an meinem Gürtel. Ich sehe über mir ein grün leuchtendes Schneefeld. Ich trete mir sorgfältig Tritte in den festen Schnee. Der Schnee knirscht unter meinen Schuhen. Bei jedem Schritt prüfe ich, ob der Tritt mein Gewicht tragen wird. Als der

zen, trinken doch recht viel. Wir essen alle noch ein in Folie abgepacktes Hähnchen, dann gehe ich nach Hause, in mein Hotelzimmer. Am nächsten Morgen trete ich mit meinem halbvollen Säckel die Heimreise an, inkognito. Ich klebe mir einen Bart um, den ich mit einem Filzstift auch auf mein Paßbild male, für eine Kontrolle. Auf dem Schiff würdige ich den Äquävit keines Blickes. Ich habe Augen nur für mein Nobelgeld. Aber plötzlich fällt mir ein, daß ich die Urkunde vergessen habe. Tatsächlich bekomme ich Schwierigkeiten an der Grenze, mit meinem zerrissenen Frack, meiner fehlenden Schlipsschleife, meinen braunen Schuhen nach 6. Ich besteche den Zöllner mit einer Handvoll Zechinen. Weil ich auch noch in einem Zug mit Zuschlag fahre, reicht es zu Hause gerade noch für eine Bluse für meine Freundin, für einen Kaviar und eine Spende ans Kinderdorf Pestalozzi.

Schnee nachgibt, fange ich den drohenden Sturz auf, indem ich den Eispickel blitzschnell über mir in den harten Firn schlage. Ich keuche. Langsam ziehe ich das Bein, das ohne Halt über die blanke Eisplatte rutscht, wieder hoch. Der Schnee, in dem die Pickelspitze steckt, knirscht. Ich sehe nach oben, bis zu den Felsen, die das Schneefeld vom Gletscher trennen. Die Schneewand steigt steil an. Ich habe sie, beim Steigen, direkt vor meiner Nase. In meinen Tritten stehend befestige ich die Steigeisen an den Schuhen und die Greifdorne an den Händen. Auf allen vieren klettere ich weiter. Der Wind fegt über den Abhang. Ich sehe meinem Seil nach, das hinter mir nach unten hängt, bis zum Sicherungshaken. Ich halte keuchend einen Moment inne. Mein Rucksack ist schwer. Ich sehe den Schein von Blitzen, die sich im Tal entladen. Meine Schläfen pochen. Unendlich vorsichtig steige ich im immer steileren Schnee. Ich komme zum Felsband, ich greife schnell in die Granitzacken, als ich spüre, wie die beiden letzten Tritte unter mir nachgeben. Auf den Ellbogen arbeite ich mich bis zur Felsplatte hinauf, dann sehe ich dem Schneebrett nach, das

ich ausgelöst habe und das jetzt den unteren Teil des Schneehangs mit sich reißt. Wie eine weiße donnernde Welle ergießt sich die Lawine über die Felsklötze, über die Bergkante. Jetzt sehe ich den Lawinenkegel auf dem flachen Bergrücken, kurz vor den letzten Bäumen, die jetzt unter dem gewaltigen Druck zersplittern. »Uff«, sage ich. Ich setze mir den roten Sturzhelm auf. Ich zurre ihn fest. Ich schalte den Walkie-Talkie ein, zitternd halte ich ihn ans Ohr. Er rauscht. »Hier gibts nicht einmal mehr Flugstraßen«, sage ich und werfe ihn die Felswand hinunter. Ich höre seine leiserwerdende Musik. Dann sehe ich, wie er auf einem Felsbrocken aufschlägt und in tausend Stücke zerschellt.
Singend gehe ich im nassen Gestein aufwärts, stundenlang, bis ich am Fuß der Gletscherzunge stehe. Ich schaue hinauf. »Was für ein Blankeis!« schreie ich auf, »welche Spalten!« Donnernd steigt die Eiswand vor mir in die Höhe. Ich glotze. Gischtiges Eiswasser sprüht durch die Rinnen im Eis herunter, zischend. Mein Gesicht wird feucht. Ich ziehe den Plexiglasschild meines Schutzhelms herunter. Dann packe ich den Eispickel und

schlage, mit mechanischen Bewegungen, Stufen ins Eis. Das Eis splittert unter meinen Schlägen. Ich stehe mit eisernen Knien und breiten Füßen, während ich über mir den nächsten Tritt schlage. Ich keuche. Ich sehe riesige Spalten, mit Schneebrücken darüber. Über mir hängt eine Wächte aus hartgefrorenem Schnee, dahinter sind die Gipfel. Der Himmel ist dunkelblau. »Scott wußte natürlich, daß die Eisbären nur nachts aus ihren Spalten kommen«, sage ich und stütze mich auf meinem Oberschenkel auf. Ich spucke in eine eisblaue Spalte. Nach Minuten erst höre ich ein fernes Klirren. »Nur, Scotts Expeditionsteilnehmer machten einen solchen Lärm, daß die Bären aufwachten und sich ein paar von ihnen fingen. Jede Flucht war zwecklos, die Bären konnten lotrechte Wände hinaufrennen.« Ich nicke nachdenklich. »Wer weiß, wie viele von den Forschern sie in ihren Vorratsspalten eingepökelt haben.« Ich starre einen Moment nach unten, dann schlage ich die Spitze des Eispickels mit einem Knall ins Eis.
Es windet. Gletscherwasser sprüht über mich, es friert am Gesichtsschild meines Helms fest. Ich kratze fluchend mit den Fin-

gernägeln über die Eisblumen, dann schiebe ich den Schild hoch. Sofort sind meine Haare eisharte Strähnen. Ich werfe das Seil mit den Metallwiderhaken in eine Eisritze über mir, ich rucke daran, dann ziehe ich mich hoch. Mein Rücken hängt über dem Abgrund. Endlich stehe ich unter der überhängenden Wächte, mit den Dornen an meinen Fußspitzen ins Eis gekrallt. Ich lehne mich an die harte Schneewand. Ich schnaufe. Ich sehe nach oben. »Teufel«, brumme ich. Mit vorsichtigen Bewegungen hole ich den Eisbohrer aus dem Rucksack. Ich setze die Bohrerspitze mit den richtigen Dimensionen ein, ich sehe nach, ob die Transistorbatterien korrekt eingelegt sind. Ich hauche auf den festgefrorenen Kippschalter, dann schalte ich den Motor ein. Ich bohre ein Loch in die Schneewand, schräg nach oben, ich stemme mich dabei gegen den Handgriff der Bohrmaschine. Sie vibriert heftig, sie macht einen kreischenden Lärm, und Schnee sprüht nach hinten, in meinen Kragen. Ich messe das Bohrloch mit meinem zusammenklappbaren Metermaß nach, dann stecke ich den Bohrer wieder in das Schutzfutteral. Ich schlage vorsichtig mehrere Stufen zur Seite hin, dem

Wächtenfuß entlang. Ich zurre mich an Haken fest, die ich im harten Schnee verankere. An vier Spezialhaken aus Schmiedeeisen befestige ich ein Fangnetz, direkt unter meinem Standort. Ich nehme eine der Dynamitpatronen, an der eine Zündschnur befestigt ist, ich schiebe sie ins Schneeloch. Ich rechne. Der Rechenschieber knarrt, während ich ihn hin und her schiebe. Ich murmle und runzle die Stirn. »Es bleibt ein Rest Risiko«, sage ich. Im Windschatten der Eiswand stehend, schaue ich dann hinunter, den Eishang hinab zum Felsband, meiner Spur nach bis zur Stelle, an der das Schneebrett abgebrochen ist. Ich sehe die steilen zackigen Felskanten, die Gerölle, das Moos mit meinen Fußabdrücken, dann die Hochalpenwiesen, über die Nebelschwaden ziehen. Schnurgerade führt meine Spur, die ich durch die Wolkenlöcher sehe, ins Tal, zu den höchsten knorrigen Arven, dem Föhrenwald, den Bächen, den saftigen Wiesen, den Laubbüschen, in die Ebene hinein, die weit im Sonnenlicht liegt. Ich glaube meine Spur zu sehen, einen schmalen Strich. Weiße Wolken schweben über ihr. Ich seufze. In meinem Kopf drin singe ich ganz laut, dann wickle ich schnell

die Zündschnur ab und balanciere über die Eistritte in den Schutz der Schneewand. Diesmal finde ich die Phosphorstreichhölzer mit den grünen Köpfen in der Patronentasche und reibe eines mit einem heftigen Ruck am Absatz meines Nagelschuhs an. Es verlöscht in einem Windstoß. Für das nächste benutze ich meinen rauhen Hosenboden. Die Zündschnur zischt. Die Flamme frißt sich, im Wind flackernd, vorwärts. Ich sehe, wie sie im Schneeloch verschwindet, schnell schütze ich meinen Kopf in meinen Armen. Ich halte den Atem an. Es knallt. Die Druckwelle wirft mich ins Fangnetz. Schneebrocken sprühen herum. Hartschneeklötze krachen nach unten, über das blanke Eis. Ich wische mir den Schnee aus den Augen, ich blinzle. Mein Kopf surrt. Ich arbeite mich die Eiswand hinauf. Ich kralle meine Fingernägel in haarfeine Ritzen. Als ich wieder in den alten Stufen stehe, sehe ich, daß das Sicherungsseil zerfetzt ist. Zwei der vier Haken, die das Fangnetz halten, sind abgebrochen. Ich greife mir an den Kopf, mit einer Handbewegung verscheuche ich die Sterne vor meinen Augen.
Dann, nach einer Weile, beginne ich, mit

meinem Gummihammer Tritte aus Leichtmetall in die harte Schneewand zu schlagen. Ich blättere, im heftiger werdenden Wind, im Materialheft und sehe, daß ich sechzehn davon in der Segeltuchtasche habe. Ich schaue in den Schneekamin, ich schätze die notwendigen Abstände. Es muß gehen. Dann stehe ich mit beiden Füßen auf einer eisblanken Sprosse, mit dem Rücken stütze ich mich an der Schneewand ab. Ich hämmere. Das Seil hängt an meinem Gürtel, bis zum Rucksack, an dem auch die Lawinenschnur befestigt ist. »Auch Albert Schweitzer schleifte eine rote Schnur quer durch Afrika, aber alle warteten einfach, bis er dann aus Lambarene eine Postkarte schrieb«, sage ich. Eiszapfen bilden sich an meiner Nase. Ich rucke an den Steigtritten, dann steige ich höher. »Ich mache das äußerst geschickt«, sage ich, in den Abgrund unter mir schauend. Endlich erreiche ich die Oberfläche der Wächte. Ich strecke meinen Kopf aus dem Schneeloch. »Sehe ich jetzt dann einen steilen Serpentinenweg vor mir, der zwischen Steinen hindurchführt, über eisstarre Baumstrünke, Eisbrücken, frostweißes Alpenrosenkraut, bis hinauf zu einer Felsenecke, hinter der er ver-

schwindet?« frage ich mich. Im grauen Regennebel steht der schneebedeckte Gipfel, dessen Fahne ich jetzt deutlich im Sturm flattern sehe. Hastig klettere ich aus dem Loch. Ich bebe. Mit vor Aufregung zitternden Fingern blättere ich im Pergamentplan, und als ich die Detailskizze für den Schlußanstieg finde, nicke ich, immer wieder. Rasch zerre ich den am Seil hängenden Rucksack durch den Schneekamin und schiebe die Arme durch die Schlaufen. Ich gehe los. Ein heißer Wind, der nach wilden Pinien riecht, fährt in meine Nase.
Im Gehen wickle ich das Gletscherseil auf. Ich hänge es mir über die linke Schulter. Ich benütze den Eispickel jetzt als Wanderstock, das heißt, ich halte ihn an der Pickelseite. Ich gehe mit großen Schritten. ›Jetzt habe ich einen Moment lang wirklich geglaubt, ich sehe eine Kapelle, in deren Gitter eine glasige Aster steckt‹, denke ich, ›aber das kann nicht sein, in dieser Höhe.‹ Ich singe laut, mit klopfendem Herzen. Meine Stimme hallt. »Wie meine Stimme schrecklich klingt! Vielleicht hätte ich Geschenke mitnehmen sollen?« Schneeschnepfen fliegen zwischen Eisbrocken auf. Ein Gletscherbach donnert. Ich fröstle.

Endlich, nach Stunden, biege ich um eine Felsecke. Vor mir liegt, in der Abenddämmerung, ein Talkessel. Dahinter ist die letzte aufragende Gipfelwand. »Sind das Felsen, oder«, sage ich erschrocken. Ich renne. Mein Rucksack schlägt mir gegen die Kniekehlen. Ich höre meine Stimme, die als Echo zurückkommt. Sie ist hell. Ich starre auf einen riesenhaften Felsbrocken. »Stanley«, sage ich, »trat einmal in einen Negerkraal, an dem eine rote Laterne hing. Verlegen drehte er seinen Tropenhelm in der Hand. Es roch. Dann endlich sah er den Samtvorhang im dämmrigen Hintergrund, dann sah er, wie sich der Vorhang leise bewegte, dann sah er die schwarzen Mädchen, die auf Holzbänken saßen. Stanley atmete mit einem pfeifenden Atem.« Zögernd gehe ich zwischen den Felsbrocken weiter. »Die Mädchen machten Stanley Zeichen, indem sie den Daumen zwischen Zeige- und Mittelfinger hindurchschoben.« Ich nehme mit fahrigen Bewegungen die Luftpumpe aus meiner Taschenapotheke. Ich pumpe mir Luft in den Hals. »Ahh«, sage ich und atme tief durch. »Ja, Stanley, das Arschloch, hörte dann, wie die Mädchen miteinander plauderten. Er machte sich

Notizen von ihren merkwürdigen Dialektausdrücken. Er wurde rot. Dann sah er, wie der Vorhang sich öffnete und ein Negermädchen herauskam, und hinter ihm ein Mann, mit einer schwarzen Hose in der Hand und einem Zylinder.« Ich gehe schnell, meine Füße schlagen gegen Steine. »Stanley erschrickt fürchterlich«, schreie ich, »er setzt seinen Tropenhelm auf und rennt hinaus, blind, und erst draußen in der Savanne bricht er zusammen. Seine Träger finden ihn, Stunden später, wie tot.« Ich renne, so schnell ich kann [12].
Es ist jetzt dunkel. Ich nehme die Taschenlampe. Ich gehe auf einer Moräne. Als ich

[12] In Togo schlägt einer einen mit einer Axt tot, und gleich ist der zuständige UPI-Korrespondent zur Stelle. Er schnitzt sich seine Notizen in den Bambusstab, dann rennt er zur Übermittlungstrommel und wirbelt los. In der Zentrale in Zentralafrika kommen sie kaum mit mit Mitnotieren. Mit einem sauberen Fünferruf schließt der Korrespondent seine Übermittlung ab und geht zum Kadaver zurück, zuschauen, privat. In der Zentrale bringt der Mann, der die Meldung mit der Kreide auf die Schiefertafel notiert hat, diese zum Mann, der seit Jahrzehnten schon am Morseticker sitzt. Er nimmt die Tafel und morst los, kurz kurz lang lang, er hält nur einen Augenblick inne, als er zur Stelle kommt, wo er die Kreideschrift mit seinem Ellbogen verwischt hat. Aber er ist si-

ins Eis komme, gehe ich ohne zu zögern weiter. Ich glaube, eine Spur zu erkennen. Ein Sturmwind fegt vom Gipfel herab. »Niemand hat noch jemals jenseits hinunter gesehen«, sage ich, »oder wenigstens ich noch nie.« Meine Stimme verhallt im Wind. Ich gehe in einem Eisgraben, der nach oben führt. Ich gleite immer wieder aus. Ich bin stur. Meine Taschenlampe verlöscht. Ich

cher, daß es so heißen muß. In Tunis ist es heiß. Das dickliche Mädchen, das Mittagsdienst hat, läßt den Tikker tickern. Sie trinkt ihren Tee. Schnaufend erhebt sie sich schließlich, reißt den Lochstreifen ab und watschelt los, durch die Korridore, die Treppen hinab. Es ist so heiß, daß der ihr begegnende Bote diesmal auf den Klaps auf den Hintern verzichtet, den sie diesmal gar nicht gemerkt hätte. Der Entzifferungsangestellte nimmt den Streifen, notiert die Meldung in Klarschrift mit seinem Filzstift und schiebt sie einem Kollegen hinüber, während er sich wieder ins Kreuzworträtsel vertieft. Der Kollege übersetzt sie ins Französische. Wo ist das Wörterbuch schon wieder hin, ruft er. Als er aber keine Antwort bekommt, muß es auch so gehen. Er stopft die Übersetzung, die er mit seinem Kugelschreiber auf ein gelbes Formular notiert hat, in die Rohrpostkapsel und steckt sie in die Röhre. Sie fällt ins Sendebüro. Der Sendeangestellte stülpt sich die Kopfhörer über, er sucht den Kurzwellenbereich, in dem er noch am ehesten nach Paris durchkommt. Zwei Beduinen treten den Dynamo, sie müssen gleichbleibende zwanzig Volt schaffen, damit die Meldung durchkann. Salut, Yvonne, sagt der Beamte, ich werfe sie weg. Ich setze eine meiner Leuchtraketen in Brand. Sie zischt, ich sehe den glühenden Docht, dann ist es wieder dunkel. »Sie ist feucht geworden, kein Wunder, bei dem Wetter.« Der Sturm reißt mir den Schutzhelm vom Kopf. Ein Blitz schlägt in den Gipfel über mir, einen Augenblick lang ist es taghell, und ich sehe über mir, im Schneesturm, einen schwarzen Schatten. Es

habe eine Meldung, kommen. Die Stimme Yvonnes ist sehr weit weg. Der Beamte diktiert die Meldung. Yvonne notiert sie in ihrer Kurzschrift. Sie trägt ein kariertes Sommerkleid aus den Galeries Lafayette und freut sich auf den Bois de Boulogne, die Autos, die Schwäne, das Eis. Sie schiebt die Meldung ins Nebenbüro, wo sie ihre Kollegin aus der Kurz- in die Langschrift überträgt. Das kann man so aber nicht sagen, sagt sie über die Schulter hinweg, sondern nur so. Ihre Schreibmaschine klappert. Sie gibt die Meldung zum Zentralfernschreiber hinunter. Das Mädchen dort macht 267 Silben in der Minute, und so hat es die Meldung in 22 Sekunden draußen. In Frankfurt schaut der Redakteur auf den Papierstreifen. Diese verdammten Chinesen, sagt er kopfschüttelnd zu sich selbst. Er spannt einen Papierbogen in die Reiseschreibmaschine. Für die Meldungen in letzter Minute braucht er noch 18 Zeilen. So, so wird es gehen. Zufrieden wäscht er sich die Hände. Das war wieder ein Tag.
Am nächsten Morgen bringt uns der Briefträger die Morgenzeitung ans Bett. Wir frühstücken. Ich lese, während der Briefträger sich mit Anna unterhält. Es ist teuflisch,

verschlägt mir den Atem. »Ich bin fürchterlich erschrocken«, stammle ich und starre in die undurchdringliche Finsternis. Funken sprühen über die Metallteile meines Eispickels. Ich höre das Rollen des Donners, heftige Schläge, lautes Krachen. Ich steige sehr schnell jetzt, auf dem blanken Eis. Der Lichtkegel meiner Dynamolaterne, die ich mit der Hand beständig antreibe, gleitet an Eistürmen entlang. Der Eispickel fällt mir aus der Hand, als, mit einem heftigen Schlag, ein Blitz hineinzischt. Ich höre, wie er, nachdem der Donner verrollt ist, in der Tiefe einer Spalte aufschlägt. Der Sturm schüttelt meinen Rucksack hin und her. Ich biege auf den Gipfelgrat ein. Ich gehe jetzt aufrecht, im heulenden Toben. Weiß leuchtet der messerschmale Gratweg unter mir. Ich gehe in festgefrorenen Tappen. Ich stemme mich gegen den eisigen Wind. Der Handgriff meiner Dynamolampe friert ein, ich spüre den immer stärkeren Widerstand. Ich werfe die Lampe weg. Als

sage ich zu den beiden, was diese Kommunisten alles anrichten. Da, in Togo, lest mal. Später, brummelt der Briefträger, und Anna stimmt ihm mit ihrer piepsigen Stimme zu.

ich neben den eisharten Spuren, in denen ich gehe, in die schwarze Nacht hinausfühle, greift meine Hand ins Leere. Ich erstarre, einen Augenblick lang. Vor mich hinstöhnend gehe ich weiter, aufrecht, aufwärts. Ich öffne den Mund, ich will einen lauten klagenden Ton singen, aber der Wind preßt mir die Singluft in die Gurgel zurück. Er reißt mir die Patronentasche weg. Ich höre, wie sie den Eishang hinuntergleitet, immer schneller, und wie, kaum vernehmbar, die Dynamitpatronen explodieren. »Ohh!« sage ich. Ich gehe schneller. Die Luft heult. Mit einem Knall zerreißt der Rucksackriemen über der linken Schulter. Der Rucksack schleudert an meinem Rücken herum, ich schwanke, ich schreie, gerade noch kann ich mich aus der andern Schlaufe winden. Ich torkle. Ich greife mir mit meiner Eishand an die Stirn. »Darauf kommt es nun wirklich auch nicht mehr an«, schreie ich mit tränenerstickter Stimme. Mit dem einen Handschuh, der mir geblieben ist, taste ich mich im Schnee voran. Ich spüre die harten Ränder der Spuren, wie von Bergkarawanen oder Riesenfüßen. Der Schneesturm pappt mir die Augen zu, den Mund. Ich gehe auf allen vieren. Ich ächze.

Der Wind verfängt sich in der Kapuze meines Anoraks, er reißt sie weg. Ich habe Eis vor meinen Augen. Plötzlich stößt meine Hand gegen etwas Hartes, Großes, Festes. »Das Steinmännchen«, stammle ich, »natürlich!« Ein heißer Wind fährt mir ins Gesicht. Ich stöhne. Ich starre in die Dunkelheit. Auf den Knien rutsche ich auf dem Gipfel herum, ich rudere mit den Armen. Es will mir sein, ich sehe ein fernes Licht. Ich rufe. Ich schreie. Ich brülle. Ich lausche. »Ahhh!« sage ich. Ich fahre mit beiden Händen über die Steine des schwarzen Gipfelkreuzes. Ich greife in jede Gesteinsritze, ich habe bebende Lippen, und einen Augenblick lang setzt der fürchterliche Gipfelwind aus. Es riecht. Ich spüre das erstarrte Tuch der Gipfelfahne, den Fahnenmast, das Holzkreuz darunter, die Blechdosen, die überall herumliegen. Ich starre vor mich hin. Vor meinen Augen flakkern Blitze. Ich schlage meine Fäuste gegen meine Stirn. Ich heule auf, mit einem Biß beiße ich mir einen Fingernagel ab. Plötzlich stehe ich auf. Mein Herz schlägt. »Herrgottsteinranzen!« sage ich. Aufschluchzend packe ich meinen Theodoliten und werfe ihn die Südwand hinunter. Ich lausche. Dann nehme ich, während der Wind wieder um meine Ohren donnert, das Seil, das Gewehr, die Botanisiertrommel, das Sauerstoffgerät, den Kompaß. Ich schleudere alles in die schwarze Leere vor mir. Ich spüre mit meinen suchenden Händen den Zeichenblock, das Rekordbuch, das Buch für die Geschmackseindrücke, die Reliefkarte, die Taschenapotheke, den Höhenmesser, dann den Fotoapparat, den Dezibelmesser, den Kassettenrecorder mit den wissenschaftlichen Eindrücken von unterwegs, das Barometer, das Sauerstoffgerät, die Wasserwaage, den Rechenschieber. Ich werfe alles in die Eiswand. Ich höre den Wind, wie ein Heulen, wie ein Ohrendonnern. Ich stampfe mit dem Fuß. Ich streichle noch einmal über das Steinmännchen, dann drehe ich mich um und mache mich auf den Abstieg. Ganz hinten am Horizont sehe ich einen schmalen Lichtstreifen. Ich stolpere, mich überschlagend, abwärts, im Rutschen erkenne ich noch einmal, in einem heftigen Blitzschlag, die Gipfelfahne, mit ihrem flatternden Tuch. Ich winke mit meiner Hand, dann krache ich gegen einen Felsbrocken.

II

»Also das kann ich eigentlich auch nicht mehr sagen«, brumme ich vor mich hin, während ich mit zerschundenen Knien, zerfetzten Armen, blutigen Händen über die verschneiten Felsbrocken klettere, »wie ich den Abstieg bis hierher geschafft habe.« Tränen laufen mir über die Wangen, ich spüre das salzige Schneewasser im Mund. ›Es ist grauenvoll gewesen‹, denke ich. Ich starre in die wirbelnden Schneeflocken. Ich schlucke meinen salzigen Tränenschleim hinunter. Mit meinem starrgefrorenen Handschuh wische ich mir Eissplitter aus dem Gesicht. Der Wind heult. Ich schüttle heftig den Kopf. Ich höre, wie mein Atem rasselt. Der Wind fährt in meine Haare, die Strähnen schlagen mir ins Gesicht. Mit dem Eissturm im Rücken stolpere ich durch die Schneeverwehungen. Ich sinke bei jedem Schritt bis zur Hüfte ein. Ich starre ins Dunkel. »Ich bin über die überhängende Gipfelwächte gerannt«, schreie ich, »den schrecklichen Grat entlang, die eisglatte Felsplatte hinunter, ich bin durch die Schneebrücke gebrochen und in der Eisspalte aufgeschlagen, ich habe blitzschnell meine schmerzenden Beine quergestellt, ich habe den drohenden Todessturz im letzten Augenblick abgefangen, ich habe mich hochgearbeitet, brüllend vor Schmerz habe ich mich unter den Eisklötzen hervorgewuchtet, ich bin gestürzt, ich habe mich aufgerappelt, ich habe auf die Zähne gebissen und des verstauchten Knöchels nicht geachtet, ich bin gestolpert und gesprungen, ich habe meine eigene Hand nicht vor dem ungeschützten Auge erkannt, ich habe mich überschlagen, ich bin die abschüssige Wand hinuntergeglitten und habe mir die Hände an Steinen aufgerissen, ich bin auf dem Moränenfeld aufgeprallt und wie tot liegengeblieben, wie durch ein Wunder bin ich aufgewacht, bevor mich der Schneesturm ganz zugeweht hat.« Ich schüttle den Schnee von den Kleidern. Ich spucke aus. Ich sehe mir das Blut im Schnee lange an, bis es zugeschneit ist. Dann gehe ich weiter, keuchend, vorsichtig, Fuß vor Fuß setzend. ›Ich gehe wie in Bleistiefeln‹, denke ich, ›aber irgendwie werde ich bis nach Morteratsch hinab kommen, über den Gletscher, auf dem Touristenweg, in eine Naßschneelawine eingepappt.‹ Ich starre, mit zusammengekniffenen Augen, in den wirbelnden Schnee. Tote Bergdohlen liegen im Windschatten der Felsen. Plötzlich reißt, nach einem heftigen Windstoß, der Nebel auf. In der düsteren Dämmerung unter mir sehe ich, sekundenschnell, den Bahnhof. Ich starre ihn mit offenem Mund an. Ich lache. Ich stehe auf einer Blankeisplatte, Schneebrücken führen über abgrundtiefe Spalten. Ich deute auf das Bahnhofsgebäude. Meine metertiefen Spuren werden zugeweht, kaum habe ich den Fuß aus dem Schneeloch heraus. Schnee pappt sich in meine Augen. Ich zwinkere. Ich nehme den Filzhut aus meinem Gürtel hervor und setze ihn auf, mit der Hand spüre ich, wie sich die Feder im Sturm biegt. Ich gleite, auf meinen breiten Füßen, über die Eisbuckel, über Schneeviadukte, um Gletschermühlen herum. Ich springe über Spalten. Es hört auf zu schneien. Ein kalter Abendwind pfeift um meine Ohren. Ich sehe am Horizont unter mir das rote Sonnenlicht. Im Schnee sind Spuren. ›Ich habe den schrecklichsten Teil des Gletschers schon fast hinter mir‹, denke ich, ›und die ausgeschlagenen Zähne lasse ich mir unten wieder einsetzen.‹ Ich nehme einen Anlauf, dann rutsche ich auf dem Hintern weiter. Die immer rasendere Fahrt versuche ich mit den Absätzen zu steuern. Eis sprüht mir ins Gesicht. Ich bleibe in einem Schneeloch stecken. Meine Hand bekommt etwas zu fassen, einen Pelz, ein Leder, ein Etui. »Ich werde nie wissen, was es ist«, sage ich, nachdem ich mich aus dem Tiefschnee hochgerappelt habe, »oben ist es ja auch zu dunkel gewesen, um die Meßinstrumente abzulesen.« Ich schlage mit den Armen um mich. Der Schnee wirbelt davon. Vornübergebeugt gehe ich auf dem breiter werdenden Pfad. Ich lasse jetzt die ferne Station der Berninabahn nicht mehr aus den Augen. ›Ich sehe wie ein Bergopfer aus‹, denke ich, ›ich habe kein Geld, und keinen Kompaß.‹ Ich lächle. Ich hüpfe, ich mache immer gewaltigere Sprünge. »Alle Hochsprungweltrekorde sind, meines Wissens, ohne Rucksack gesprungen worden«, murmle ich. Das Licht wird heller. Ich gehe an einer Kapelle mit einer vertrockneten Aster im Gitter vorbei, ich stecke einen

Fetzen meines Hemds dazu. Ich sehe auf den Holzschildchen im Kapelleninnern, wie Männer Felswände herunterstürzen und Blitze in die Bäuche von Frauen schlagen. Dann gehe ich, mit schwingenden Armen, unter einem Starkstrommast vorbei, ich sehe den Drähten nach, die über den Bergen im Nebel verschwinden. Auf einem Schild, von dem ich mit den Fingernägeln das Eis kratze, lese ich, wie ich die Elektrototen retten muß, indem ich ihre Herzen massiere, indem ich meinen Mund auf den ihren presse. Ich schlurfe durch Stanniolpapiere, Ovomaltinepackungen und Fantaflaschen. »Jetzt nur schnell weg von hier«, schreie ich und werfe den Hut in die Luft, »weg von dieser Eiseskälte, diesen Stürmen, dieser dünnen Luft!« Ich fange den Hut auf, an der Feder. Ich komme zum Loch in der Schneewächte, schnell klettere ich die Metalltritte hinunter. Ich sehe nach unten. »Die einen sind sehr schwindlig in den Bergen, die andern sind weniger schwindlig in den Bergen, wieder andere sagen, daß sie überhaupt nicht schwindlig sind in den Bergen.« Ich sehe, daß der Lichtstreifen am Horizont breiter geworden ist. »Gottverdammt!« rufe ich,

»gottverflucht!« Ich sehe an mir herunter, während ich weitergehe. Meine Sohlen lösen sich von den Militärschuhen. Meine grasgrünen Socken sind schimmlig. Meine Knickerbocker aus Manchestersamt sind naß und zerfetzt. »Alles was recht ist!« Ich fahre mir mit der Hand durch die Haare. Ich öffne den Hosenbund und schaue hinein. »Meine Unterhosen sind ebenfalls schwarz, und sie stinken!« rufe ich, »mein uraltes Hemd mit dem Schottenmuster ist schweißig! Mein Plüschpullover ist zerrissen! Und mein Anorak ist eine gewöhnliche Windjacke! Sie hat alle Farbe verloren!« Ich blicke ins Tal hinunter, auf die Tannen und Lärchen und Föhren, durch die ich Wanderer in langen Einerkolonnen gehen sehe, bis zu den Häusern von Pontresina. »Wie altmodisch!« rufe ich, »wie einsam!« Ich höre das Echo. Ich nehme meinen Hut ab und drehe ihn auf dem Zeigefinger. ›Ich möchte schon wieder einmal eine anständige Polenta essen‹, denke ich, ›mit Männern und Frauen am gleichen Tisch, und alle stecken ihre Gabeln in den Brei.‹ Ich springe in die Luft. Auf einem Bein hüpfend knote ich mein zerrissenes Strumpfbandelastik wieder zusammen.

Gemsen kauern hinter Felsabbrüchen. Hoch oben sehe ich den Gipfel, über dem eine Schneefahne wirbelt. Ich starre hinauf, zwischen Nebelschwaden hindurch, bis mich meine Augen schmerzen. Ich strecke die Zunge hinaus und lecke meine Nasenspitze. Ich freue mich. Unter der Gipfelwächte sehe ich Spuren, wie von einem Schneebrett. ›Ja‹, denke ich, ›ganze Touristentrupps sind da schon hinunter, weil sie beim Gruppenfoto einen Schritt zu weit nach hinten gemacht haben.‹ Ich betaste mein blutendes Zahnfleisch. »Ich werde mich durchbeißen, wie die Löwen, wenn ihnen der Dompteur endgültig auf die Nerven geht.« Ich komme zur Eiswand. Einen Augenblick lang bleibe ich zögernd stehen, ich starre über das blauglänzende, spiegelglatte Eis, dann schlage ich, so gut ich mich daran noch erinnern kann, ein Kreuz. Ich gleite mit federnden Knien über das Eis. Meine Füße holpern in rasender Geschwindigkeit über die ausgewaschenen Tritte. Im Vorbeisausen erkenne ich einen zerfetzten Rucksack, einen ungewöhnlich großen, der schon halb zugeschneit ist. Ich mache ein Handzeichen. Ich komme, in meiner wilden

Fahrt, auf eine Steinplatte, ich fange den Schwung mit federnden Sprüngen ab. Ich gehe langsamer, schmunzelnd, schnaufend. »Natürlich weiß ich, daß alle Frauen Hexen sind, tagsüber trüben sie kein Wässerchen, aber nachts zischen sie auf ihren Besen davon.« Ich sehe, in einem frischen Abendwind gehend, daß die Schnittwunden an meinen Händen langsam verharschen, daß an der schwarzblauen Daumenspitze neue Hornhaut zu wachsen beginnt, daß das Blut wieder in meine eisweißen Beine fließt. Die Sonne bricht hinter einer Wolkenwand hervor und scheint mir ins Gesicht. »Ahh!« rufe ich und blinzle. Die Hänge sind rot von blühenden Alpenrosen. Ich sehe die niedriger werdenden Berge, Häuser, Straßen, Autos. »Möglicherweise ist das doch keine Erstbesteigung gewesen!« murmle ich. Ich reiße mir den zerfetzten Segeltuchhandschuh von der rechten Hand und werfe ihn in das Gischtwasser eines Bachs. Ich sehe, wie er bis zum Fuß der Gletscherzunge geschwemmt wird. Ich ziehe die Luft ein. Es ist warm. Ich schaue um mich. »Eine Stadt mit Autolärm!« brumme ich. »Mit Currywurstbuden! Mit Billardsälen! Mit Kinos!« Vor mich hinträllernd gehe ich weiter. Der in der Sonne glitzernde Schnee ist weich und naß. Skifahrer schwingen im Lawinenkegel abwärts, ich sehe sie, wie sie ihre Skier abschnallen und, zu zweit, zu dritt, zu den Autos gehen, die auf dem Parkplatz neben dem Bahnhof stehen. »Alle Skifahrer haben braungebrannte Häute«, rufe ich, »sie grinsen und strahlen!« Ich stoße einen gurgelnden Laut aus. Mit der Zunge netze ich mir die aufgesprungenen Lippen, während ich, wie ein Indianer, mit meinen scharfen Augen die Bergkämme absuche. Ich schüttle den Kopf. Plötzlich renne ich wieder. Zwischen den Skispuren, in denen ich renne, sind Tappen, wie von einem auf den Hinterpfoten gehenden Bären. Die Skipiste wird breiter. Überall brechen Soldanellen durch den Schnee. Ich sehe, im Schmelzwasser, einen Augenblick lang mein Spiegelbild, meine weit aufgerissenen Augen, meine Bartstoppeln, meine Blutkrusten. ›Bin ich das?‹ denke ich. Mein Herz schlägt. Ich renne über den Schnee, der knirscht. Es ist heiß in der Sonne. Die Sohle des Schuhs schlägt mir bei jedem Schritt gegen den Fuß. Ich halte die Hand über die Augen. Ich reiße einen Enzian aus und rieche daran. Ich beiße in die Wurzel. Ich bücke mich, um das blühende Moos zu sehen. Ich höre ein plötzliches Zischen in meinem Rücken. Ich erschrecke. Zwischen meinen Beinen hindurch sehe ich eine Skifahrerin. ›Sowas!‹ denke ich, mit offenem Mund. ›Was für Beine! Was für Bewegungen sie macht! Wie sie die Arme schwingt!‹ Ich richte mich auf. Frühlingswasser rinnt in meine Schuhe. »In den dunklen Nebeln in meinem Rücken zucken zwar unhörbare Blitze«, murmle ich, »aber von mir aus.« Meine Schuhe knirschen im Kalksand. Ich komme ins karge Gras. Ich spüre einen warmen, lauen Wind. Unter den ersten Arven, Lärchen, Föhren stehen die Skifahrer im Kraut und bessern ihre Lackschäden aus.

Mit immer längeren Sätzen schnelle ich den jetzt weniger steilen Weg hinab, der auf den Bahnhof von Morteratsch zuführt. Ich singe, eine Melodie aus der Traviata. »Alle Opern, in denen junge schwindsüchtige Mädchen jung sterben, sind meine Lieblingsopern.« Ich sehe einen Zug mit dunkelgrün und beige bemalten Waggons, der aus der Kurve im Wald kommt. Er bleibt stehen. »Es ist schon erstaunlich, wie viele Leute aus Düsseldorf und Zürich es gibt.« Ich gehe unter dem Wasserfall vorbei, zwischen den ersten Wanderern hindurch. Ich sehe sie an. »Ich bin aus Frankfurt, glaube ich.« Ein Mädchen, das Sandalen mit einer Zehenschlaufe, rote Wollsocken, Kletterhosen, einen Badeanzugbüstenhalter, eine unter dem Kinn zugeschnürte Wollmütze und ein Schutzzelt aus Papier auf der Nase trägt, lächelt mich an. Mein Gesicht ist heiß. ›Ich werde auf sie zugehen‹, denke ich, ›ich werde höflich meinen Hut ziehen vor ihr, oder, noch besser, ich werde ihre Hand mit heißen Küssen bedecken. Sie sehen hübsch aus, werde ich sagen.‹ Ich gehe langsam, ohne mich umzusehen, auf den Bahnhof zu. ›Ich komme nämlich von da hinten oben, werde ich zu ihr sagen. Das Mädchen, das eine schöne Haut und rote Lippen haben wird, wird mich ansehen, liebevoll, innig. Sind Sie ein Jäger, ein Bergführer oder ein Skilehrer, wird es mich fragen. Ich werde sie ansehen, dann werde ich langsam den Kopf schütteln‹, denke ich. Ich gehe, nach rechts und nach links schauend, über die Bahngeleise, vor dem dastehenden Triebwagen der Berninabahn durch. Ich nicke dem Lokomotivführer zu. Die Bahnhofsglocke läutet. ›Wissen Sie, Fräulein, werde ich sie fragen‹, denke ich, ›daß die Bergbauern sich hier oft so eine Touristin fangen? Sie verständigen sich, von Bergkamm zu Bergkamm, mit seltsamen, klagenden Lauten.‹ Ich gehe über den Parkplatz. Ich erkenne die Abdrücke von Skischuhen im Schnee. Ich reibe mir das Kinn. Ich blicke auf Touristen, die sich um ein Fernrohr scharen, das auf die weißen Gipfel gerichtet ist. Sie stoßen kleine Schreie aus, wenn sie einen Bergführer mit einem Steinbock am Halsband ins Bild bekommen. Rückwärtsgehend sehe ich auf den blaugleißenden Gletscher zurück, auf die Endmoräne, auf den Rauch der Küche der Bovalhütte. ›Ich werde das Mädchen fragen, sehen Sie die Spur dort im Schnee? Es wird auf den Gletscher starren, meinem Zeigefinger nach. Es wird blinzeln. Ich sehe Blankeisplatten, wird es schließlich rufen. Gletschermühlen! Bäche! Eiskamine! Kreuze! Markierungsstangen! Kapellen! Aber eine Spur? Ich werde nicken. Ja, werde ich leise sagen. In Wirklichkeit, werde ich murmeln, während ich und das Mädchen Hand in Hand weitergehen werden, sind alle Berge innen hohl, mit Munitionslagern, Spitälern, Kinos, Wirtschaften drin, für wenn die Russen kommen oder die Italiener.‹ Ich drehe mich um und gehe auf einen breiten Wanderweg zu, an dem in regelmäßigen Abständen Abfallkörbe aus Metall stehen. ›Kann man denn auf diese Berge dort steigen, wird mich das Mädchen fragen. Sicher kann man das nicht. Ich werde sie streicheln.‹ Ich habe eine heiße Stirn. Über einem Wasserfall hängen Eiszapfen. Schaum steht auf dem Wasser des Bergbachs. Das blaue Eis blinkt im Sonnenlicht. Ein Wanderer kniet vor den Eiszapfen, er kneift die Augen zusammen, dann drückt er auf den Auslöser seines Fotoapparats. »Grützi!« sagt er zu mir. Ich lüfte meinen Hut. Nasse Föhrenäste streifen mein Gesicht. Ich höre den Zug, der kreischend um die Haarnadelkurven fährt. Ich blicke nach oben, zu den Bergspitzen. ›Man transportiert die Touristen mit Helikoptern hinauf‹, denke ich, ›vorausgesetzt, sie haben genügend Geld in der Lunchtasche.‹ Ich starre auf den fernen, feinen Strich, der durch die knallroten Alpenrosen auf das Moränenfeld zuführt. ›Wie ich das Mädchen kenne, wird es sagen, von hier aus kann man zu einer völlig einsamen Berghütte gehen. Es gibt eine Bar mit einer tollen Tanzkapelle, wollen wir zusammen hin? Na klar, werde ich ihr sagen [13]. Ich werde ihr in die Augen sehen. Manchmal, werde ich ihr dann ins Ohr flüstern›, denke ich, ›wenn man stirbt, ziehen die Stationen des Lebens in Sekundenschnelle an einem vorbei, und alle Frauen.‹ Ich überhole jetzt Spaziergänger in Schaumgummischuhen und Bermudahosen, sie schlagen mit Stöcken Tannzapfen von

---

[13] Das Wetter hier ist sibirig, ich bin in meinen Schafspelz gehüllt, und meine Pelzmütze gibt mir warm. Die Luft einwärts ist kalt, wenn ich sie ausatme, klirrt sie. Ich sehe die Gebirge. Dann gehe ich in ein Lokal. Auf einem Podest sitzt das Orchester, es besteht aus einem Alphorn, einem Örgeli, einem Hackbrett, einer Geige, einem Fünfliber, einer Geisel und den Männern dahinter. Das Orchester gehört dem Geiger, und man sieht ihm an, daß er so modernes Zeug wie eine Klarinette nicht duldet. Ich trinke einen Rotwein und schaue, wie die Mädchen mit den Mädchen tanzen, und die Burschen mit den Burschen. Es kommt aber schon vor, daß mir ein Mädchen zulächelt, danach, in der Tanzpause. Es gibt kleine Tischtelefone, ich höre seine nette kleine Stimme. Ich gehe durch die Tür, durch die es lächelnd gegangen ist, und erst im Heu merke ich dann, daß das Mädchen doch so ein Bursche ist.

den Föhren. Ihre Hunde rascheln durchs Unterholz. »Jahrelang noch werden wir beim Klang unserer Namen erschauern«, rufe ich über meine Schulter zurück. Ich gehe zwischen Primeln, Krokussen, Hauswurzen, einigen wenigen Narzissen hindurch, bei denen Warnschilder des Verkehrsvereines stecken, an verkohlten Baumstrünken vorbei, zwischen Zwergarven hindurch. Bäche rauschen zwischen den Felsen. Gelbe Arnikas stehen hinter einer Hecke. Jetzt bilden Felsblöcke aus Zement die Tritte des Wegs. Ich stecke mir, im Laufen, einen Hauswurz ins Knopfloch. Ich springe in die Luft, ich versuche, in meinen kaputten Bergschuhen, einen Pas de deux. Jenseits des Tobels sehe ich die Antiquitätenfabrik des ehemaligen Skiweltmeisters. Bauerntruhen und Madonnen stehen, in Styropor abgepackt, hinter dem Haus. Ich blicke, durch die Lärchenäste, in den blauen Himmel. »Frühmorgens gehen die Bergführer von Pontresina über die Spazierwege und spießen mit ihren Eispickeln die Schokoladepapiere auf!« Ich krempie die Ärmel hoch. Ich sehe auf meine sonnengebräunten Arme. Ich komme am Musikpavillon vorbei, in dem Markierungsstäbe für die Skipisten liegen. Im Rückspiegel eines auf dem Wanderweg parkierten Autos sehe ich meine Haare, mein verbranntes Gesicht, meinen verfilzten Bart. Ich lächle in den Spiegel hinein. Ich setze meinen Hut wieder auf. »Um des Teufels willen, soll ich mir jetzt wirklich bei einem der Autoinsassen eine Schere leihen und alles an mir stutzen, die Haare, den Bart, die Nägel?« Ich breche, mit einem Zack, den Spiegel aus seiner Halterung. Mit großen Schritten gehe ich, zwischen Farnen, Moosen, Flechten. Es riecht. Ich niese, ich schneuze mich in die Finger. Ich trete, mit aller Kraft, gegen ein Schild mit einem Text über den Schutz von Murmeltieren. Jenseits des Bachs, auf der Straße, fährt ein gelbes Postauto. »Die Chauffeure sind ungeheure Helden«, rufe ich zur Straße hinüber, »sie retten jeden Tag drei Belgier und vier Holländer aus einer der gräßlichen Bergpaßkurven, und wenn sie den Fahrplan nicht einhalten, werden sie ins Emmental versetzt.« Jetzt sehe ich die Hotelbauten von Pontresina, die Fertigchalets, die Eigentumswohnungen. Baumaschinen rattern. Auf dem Dach des größten Hotels, dessen uralte

Blechschnörkel frisch gestrichen sind, wehen Fahnen in allen Farben. »Wer hier Gast ist, muß mindestens zwei Paar Schuhe besitzen und lateinisch können«, schreie ich in den Wald hinein [14]!
Ich komme zur mit Efeu bewachsenen Metalltreppe. Ich lese das Gefahrenschild. Meine Schuhsohlen bleiben, während ich dem feuchten Fels entlang steige, immer

[14] Ein heißer Sommerhimmel steht über der Engelsburg und über der Myliusstraße. Bei mir ist es glühend im Zimmer, aber der Pater, in seiner Zelle, merkt wenig von der Hitzewelle. Bei ihm ist es kühl und sanft und ruhig, er sitzt auf seinem Stuhl, die Füße hat er auf dem kalten Marmor, die Gedanken im Buch Jesaia, und auch die Wespen, die durch die Gitterstäbe des Zellenfensters hereinsummen, sind Männchen. Jetzt allerdings fährt er hoch, er schaut auf den schwarzen Apparat auf dem Tisch neben ihm. Das ist das Klingelzeichen, von dem man ihm erzählt hat. Sein Herz klopft. Vorsichtig hebt er den Hörer ab und lauscht. Als er hört, was ich will, setzt sein Herzschlag für den Bruchteil einer Sekunde aus. Seine Stimme zittert. Sorgfältig legt er den Hörer auf den Tisch, neben das Buch Jesaia, und wischt sich mit seinem weißen Taschentuch über die Stirn. Dann trippelt er aus seiner Zelle, den kühlen kahlen Korridor entlang, in den das schräge gedämpfte Sonnenlicht fällt, bis zur Zelle des andern Paters. Er klopft nicht an, und der andere Pater wird ein wenig rot, daß er so schnell die Kutte fallen lassen muß. Aber das ist schnell vergessen, denn daß der Papst einen Telefonanruf bekommt,

wieder an den Metallstufen hängen. Ich springe, mit flatternden Armen, über das letzte Dutzend Stufen, ich setze auf einer Steinplatte auf. Ich massiere meine Knöchel. Dann schlurfe ich auf einem mit Schieferplatten ausgelegten Weg weiter, zwischen Himbeersträuchen mit weißen Blüten, den Uferverbauungen des Bachs entlang. Bienen fliegen um meinen Kopf. Ich pfeife mit ge-

das gibt es nicht alle Tage. Mit schnellen Schritten steigen sie eine Treppe höher, über den weißen Marmor, an den Statuen mit den Steinbibeln vorbei, ins große holzgetäfelte Zimmer des dritten Paters. Dieser legt schnell den Osservatore Romano über das, was er sich angesehen hat. Er faltet die Hände und wiegt den Kopf, und schon gehen alle drei durch die weite große Halle, machen einen Knicks beim Altar, gehen um eine dunkle Ecke bis zu einer schweren Eichentür. Herein, ruft der Pater nach einer ganzen Weile, und als sie die Tür öffnen, huscht ein kleiner Ministrant aus dem Zimmer. Ach Gott, sagt der Pater hinter seinem gewaltigen Schreibtisch, letztes Jahr hat der Papst schon eine Postkarte bekommen, und jetzt das. Wir müssen Erkundigungen über den Anrufer einziehen.
Alle vier gehen um die dunkle Ecke, machen den Knicks, gehen durch die weite hohe Halle, an den Statuen vorbei, die Treppe hinab, durch den kühlen Korridor, in die Telefon-Zelle. Der vierte Pater nimmt den Hörer in die Hand. Ich höre seinen Atem. Hallo, sage ich heftig, Herr Papst? Nein, nein, murmelt der Pater, aber einer seiner geheimsten Wünsche ist für einen Augenblick

spitztem Mund. Ich gehe auf dem Uferweg, mit rudernden Armen. Im Gras neben dem Weg sehe ich eine Schlurfspur. Ich kratze mich am Kopf, dann schaue ich in die Sonne über den Hügeln vor mir. Es ist warm. Auf dem Zeltplatz, an dem ich vorbeigehe, stehen Männer in kurzen Hosen, sie reiben ihre Wohnwagen mit weißen Frotteetüchern ab und wechseln die Autoreifen aus. Auf den

Wirklichkeit gewesen. Mit Falten in der Stirn fragt er mich. Ich habe zwei Jahre in einem katholischen Verlag gearbeitet, sage ich bescheiden. Die Sorgenfalten meines Gesprächspartners lockern sich. Ich höre, wie er den Hörer auf den Tisch legt. Die tuschelnden Stimmen entfernen sich. Ich sitze. Der Schweiß rinnt mir den Rücken hinab. Aus der Muschel meines Apparats strömt die Ruhe des späten Morgens des Vatikans. Während ich lauschend zum Fenster hinaussehe, rechne ich aus, daß, wenn 7,385 Sekunden 21 Pfennige kosten, dieses Gespräch jetzt 1386,50 Mark gekostet hat. Während ich dann die fernen, dröhnenden Glocken im Hörer höre, rechne ich die anwachsende Summe in Lire, dann in Drachmen, schließlich in Yen um. Die vier Patres gehen indessen durch den Vatikanstaat, unter den Säulen hindurch, über die Plätze, durch die Galerien. Sie erzählen jedem, der ihnen begegnet, was ihnen begegnet ist. Eine große Menge Patres steht bald vor des Papstes Gemächern. Ihr Tuscheln dringt durch die wattierten Doppeltüren bis hinein. Der Papst sieht seinen Diener, der aus Bayern stammt, irritiert an. Geh er, sagt er, schau er. *Donna wetta*, entfährt es dem Diener, während er durch grüngelben Abhängen liegen Schneeflecken, braunes Schneewasser rinnt herunter, bis über den Weg. Meine Füße sind naß. Ich sehe Häuser mit dicken Steinmauern und Nelken vor den Fenstern. Alte schwarze Frauen verschwinden in den Scheunentürchen, und ich sehe, wie die Vorhänge an den Fenstern sich bewegen. In meinem Rücken höre ich ein Donnern. ›Ich werde Grüß Gott

das Schlüsselloch nach draußen sieht, ich glaube, es ist Ostersonntag, Herr Papst. Der Papst erschrickt fürchterlich. Er kann den Ostergruß auf thailändisch, indisch und napalmesisch noch nicht auswendig. Was nun?
Da brechen unter dem Druck der Menge die Flügeltüren. Die Hereintretenden sind erstaunt, wie klein und mager ein nackter Papst ist. Er bedeckt sich mit seinen Händchen. Auch dem Diener ist es peinlich. Er zieht seine Lederhose an. Telefon, Vater, rufen die Patres. Jaja, sagt der Papst leise, wir kommen ja schon. Ich höre in meinem Hörer, wie er näher kommt. Seine Schleppe rauscht über die Marmorfliesen dahin. Ich setze mich aufrecht und rücke die Krawatte zurecht. *Prontum*, ruft der Papst, wir sind am Apparat. Allerdings, er hält die Sprechmuschel ans Ohr und umgekehrt, und so höre ich ihn nur undeutlich. Jedenfalls ist sein Latein nicht besser geworden seit der letzten Bulle. *Papst*: Quisquis parla? *Ich*: Ego. Scriptor francofortiensis sum. *Papst*: Quidquid scribisne? *Ich*: Habebo scriptum librum cuius nomen est **Alois**, alterum cuius nomen est **Merla in poiva in hortu**, tertium cuius nomen est **Normalis nostalgiaque**. Nunc scribendus sum librum cuius nomen est De Exploratione.

zu einer der steinalten Einheimischen sagen‹, denke ich und ziehe probeweise meinen Hut. ›Ja, wird sie sagen, mit ihrem zahnlosen Mund, jetzt ist dieses Teufelswetter schon seit Monaten so, wir wissen gar nicht, was wir getan haben sollen. Ich werde nicken und sehen, daß die alte Frau in einer Spur steht, die auf die Berge zuführt. Ich werde sagen‹, denke ich, ›man muß sicher unheim-

Papst: Interessantissime! Volesne venire cenare et discurrere con nos hodie? *Ich:* Libenter. Vobis gratias ago.
Ich nehme meinen besten Anzug für meinen Besuch, eine graue Krawatte, schwarze Schuhe. Ich kaufe Blumen. Dann fahre ich, durch die abendlichen Straßen Roms, bis zum Vatikan-Zoll, der, als er meinen R4 von weitem kommen sieht, schon die Schranken hochzieht. Polizeipatres winken mich zu meinem reservierten Parkplatz neben den Papstkarossen. Der uralte Parkwächter will einen Augenblick lang ein Gesicht machen deswegen, als er aber meine Einladung mit dem Fingerabdruck des Papstes sieht, hellt er sich auf. Ich werde, vorbei an meinen Landsleuten in den uralten Uniformen, durch lange, lange Korridore geführt. Sie sind von Fackeln erleuchtet. Der Papst hat mich schon erwartet. Ich gebe ihm höflich die Hand, dann setzen wir uns an den Tisch.
Das Essen verläuft sehr fröhlich und angeregt. Die Weine sind vorzüglich, der Papst macht eine Flasche nach der andern auf. Er erzählt aus seiner fernen Jugend, von den Hügeln, von den Seen. Er lacht, bis er sich eine Träne aus den Augenwinkeln wischen kann.

lich abgehärtet sein, um immer hier oben zu leben. Nein, nein, wird die Einheimische sagen, jetzt haben wir ja das Elektrische, das Telefon, die Berghilfe, das Fernsehen.‹ Ich setze meinen Hut wieder auf. ›Wir werden dann engumschlungen Abschied nehmen, wir werden uns Küsse geben, endlich wird die uralte Einheimische sich losreißen. Schluchzend, mit zerrissenem Fürtuch wird sie davonrennen, tränenüberströmt wird sie zuhause ihrem langjährigen Knecht gestehen, daß ein ganz neues Gefühl in ihr Herz eingezogen sei.‹ Mit federnden Schritten gehe ich der Wasserleitung, die aus ausgehöhlten Baumstämmen gefertigt ist, entlang. Vereinzelte Fadenwürmer schwimmen im langsam dahinfließenden Wasser. Ich lese auf einem Schild, wie alt diese uralte Wasserversorgung ist. Ich rutsche, mit Purzelbäumen, den steilen Abhang mit dem gelben Gras hinunter, an einer Kolonne Touristen vorbei, die sich

Tief in der Nacht gehe ich schließlich durch das schlafende Rom nach Hause. Ich schlafe tief und traumlos. Als am nächsten Morgen, beim Frühstück, im Fernsehen der schwarze Rauch durch den Kamin des Vatikans kommt, denke ich, er ist doch ein guter Mensch gewesen, wenn auch kein trinkfester.

mit Alpenstöcken im Gras abstützen. Der Bergführer deutet auf mich und gibt eine Erklärung, auf englisch. Ich ziehe den Hut tief über die Ohren, ich breche durch ein Waldrandgebüsch voller Erdbeeren, dann renne ich, in der heißen Sonne, einen staubigen Weg hinunter. Ich schlage eine Pirouette. ›Eine Möglichkeit ist natürlich‹, denke ich und gehe etwas langsamer, ›ich werde einen Passanten anfallen, einen mit einem guten Geschmack.‹ Ich schaue auf die hinter mir gehenden Touristen zurück, die jetzt auf den vom Verkehrsverein vorbereiteten Baumstrünken sitzen. »Brrr«, murmle ich. »Ich werde ihm einen Stein, den ich in einen Strumpf getan habe, über den Schädel hauen. Der Feriengast wird wie vom Blitz getroffen hinstürzen. Ich werde mir seine Kleider anziehen.« Ich gehe durch ein Unterholz, das aussieht, als sei ein großes Tier hindurchgebrochen, ein Wildschwein, ein Ren. »Ach was«, sage ich dann laut, »ich werde dieses Frankfurt auch ohne neue Unterhosen, ohne ein frisches Hemd, ohne gebügelte Beinkleider und ohne eine Krawatte erreichen.« Ich gebe einem Stein einen Tritt. Er kracht gegen ein Halteverbotsschild, das auf dem Wanderpfad, zwischen wilden Stachelbeerbüschen, steht. Ich sehe, während ich einen steilen Weg mit einem Geländer hinuntersteige, die schmale Autostraße am Berghang gegenüber. Graue Saurer mit nassem Kies auf der Ladebrücke fahren darauf. Sie lassen eine Wasserspur hinter sich. Sie verschwinden hinter einer Felsenecke, unter einem Eisenbahnviadukt, ich sehe, wie die Ampel unter dem Brückenbogen von grün auf rot wechselt. »Es gibt gräßliche Erlebnisse von Frauen, die allein mit Männern im Tunnel sind, und umgekehrt.« Ich juchze. Ich kratze mich. »In den Zügen, in denen ich fahren werde«, rufe ich über das Tal hinweg, »werden die Fahrgäste nebeneinander in Badewannen sitzen, sie werden planschen, plaudern und sich streicheln, es wird eine herrliche Stimmung sein, und nur wenn der Zug brüsk bremsen wird, wird das Wasser aus allen Wannen schwappen, und die Fahrgäste werden sich anziehen müssen.« Meine Stimme hallt. Ich gehe, jetzt zwischen den ersten Laubbäumen, durch hohes Gras, auf die Ebene zu. Ich sehe die in der Hitze flirrende Luft. Betonmaschinen rattern. Ich blicke über dunkelgrüne Tannenabhänge hin, Viadukte, eine Eisenbahnrampe, Dörfer und Straßen mit gewundenen Kurven. »Heute haben alle Lokomotivführer ein Totmannpedal. Sie starren nicht mehr halbblind in den Schneesturm und werfen sich nicht mehr, wenn sie die schwachen Lichter des Gegenzugs erkennen, in letzter Sekunde in den Gang, grad bevor der Führerstand mit schrecklichem Krachen zertrümmert wird. Ihr Zug hält sofort, wenn sie tot umfallen.« Auf der Rampe am andern Talhang fährt ein Zug. Ich bleibe stehen, ich schwenke den Hut. Ich sehe die Taschentücher, die aus den Fenstern winken, dann gehe ich weiter, wie ein Hase hüpfend. Ich wische mir den Schweiß unter dem Filzhut weg, ich grüße einen Bauern, der mit einer Mähmaschine am Abhang steht. »In Preda ist das Wetter immer besser als im Engadin, es ist ein meteorologisches Rätsel«, murmle ich. Ich versuche einige Paso-doble-Schritte, ich summe dazu eine Melodie. Frauen mit Insektizidbottichen und Spritzrohren in der Hand gehen über die Kartoffeläcker. Es stinkt. Ein Bauer, der einen Filzhut trägt, schüttet aus einem Schlauch Wasser in einen Zuber mit gelbem Pulver drin. Ich grüße ihn. Er stellt das Wasser ab. »Ich habe diese Hurengebrauchsanweisung fürs Insektengift verloren«, ruft er mir zu, »aber die Farbe stimmt schon etwa.« »He jo«, sage ich und nicke. Ich gehe am morschen Holz mit den eingekerbten Zeichen vorbei. Mit einem Stein kratze ich die falschen Zeitangaben weg. Auf dem Weg sind jetzt tiefe Tappen. Ich gehe zwischen lichten, grünen Föhren. Vögel zwitschern. Ich höre einen Kuckuck. Ich zähle mit. Ich durchwühle alle Taschen, sie haben Löcher und sind voll von verpappten Sugustabletten. Als ich endlich aus dem Wald trete, sehe ich unter mir das Dorf Bergün. Ich hüpfe über die sanft abfallenden, frisch gemähten Wiesen, zwischen Heuschrecken, Schmetterlingen, Bienen. Ich schlage ein Rad, wie ein Rotor sause ich bis zur Dorfstraße. ›Hier in Bergün‹, denke ich, ›haben die Britinnen auf ihrer Reise von Southampton nach St. Moritz eine Woche Aufenthalt eingelegt, um sich an die Höhe zu gewöhnen.‹ Ich gehe auf der asphaltierten Straße, auf der Wasserspuren sind. Autos fahren an mir vorbei. Mit einer angedeuteten Verbeugung grüße ich ein Mädchen, das eine grüne BP-Schürze trägt

und Benzin in einen Volkswagen füllt [15].
›Also, diesmal werde ich ohne jeden Zweifel
auf sie zugehen‹, denke ich, während ich,
mit rotem Kopf, auf die andere Straßenseite
gehe, ›wir werden uns in die Augen blicken.
Wir werden glühen. Ich werde mit meinem
Kinn auf das alte Kurhotel deuten, es ist das
letzte seiner Art, das noch nicht abgebrannt
ist, werde ich mit einer tiefen, zitternden

[15] Die stille staubige Luft flirrt in der Mittagssonne. Wir sitzen unter unsern gewaltigen Hüten auf der Hotelterrasse von Corpus Christi, Texas, Judith, Jane, John und ich. Wenn wir atmen, pappt sich der Staub in unsre Gaumen. Wir spülen mit den Schlitz-Bieren nach. Es ist so still, daß es schon fast unheimlich ist, bei so viel Frieden *muß* etwas passieren. Judith nickt schläfrig. Wir reden ein wenig darüber, woher der seltsame Ortsname wohl kommen mag, aber jetzt sehen wir am andern Ende des Platzes einen kleinen Mann. Er hat einen langsamen, wiegenden Schritt, und als er in die pralle Sonne hinaustritt, erkenne ich ihn gleich. Er ist, mit Recht, stolz darauf, daß er gerade den letzten Neger von Corpus Christi, Texas, aufgehängt hat, denn tatsächlich stinken diese Neger ja unheimlich. Er blickt prüfend über sein weites gutes Land und zu uns hinauf auf die Hotelterrasse. Wir wissen nicht recht, sollen wir uns ducken oder sollen wir hinablächeln. Das Schlitz-Bier erstarrt uns im Mund, und wir atmen ihm möglichst wenig Luft weg. Da, ist das nicht ein russischer Agent? Er erlegt ihn mit einem Blattschuß. Es ist kein russischer Agent, sondern Jim von der Tankstelle. Aber er überzeugt die schluch-

Stimme sagen. Sie wird die Augen niederschlagen, aber ich werde sehen, wie ihre Brust auf und ab gehen wird. Ja, wird sie dann flüstern, ich möchte schon gern einmal eine Nacht darin verbringen. Sicher kochen sie hier noch einen Tee wie nirgends sonst auf der Welt.‹ Mein Herz klopft heftig, während ich, die letzten Häuser des Dorfs im Rücken, der undeutlichen Fluchtspur

zende Braut bald einmal, daß ein Risiko sein muß bei der Herbstjagd. Susi, flüstert er dem Mädchen zu, das sich die letzten Tränen aus den Augen wischt, ich biete dir eine Ersatznacht an, bei mir, im Motel, na? Susi nickt. Aber er hat sich schon abgewandt, denn seine Freunde mit den ausgebuchteten Westen haben ihm den gewünschten Aktenordner herbeigeschafft. Wer hätte das gedacht, sagten wir dann später auf der Hotelterrasse, daß dieser Jim von der Tankstelle so einer war. Er hat uns immer so lieb das Benzin ins Auto getan. Aber hier steht haarklein, daß er 1967 *damned* gesagt, 1968 in der Kirche geraucht, 1969 einen Schnurrbart getragen hat u. a. m. Judith seufzt ein bißchen, während sie in die untergehende Sonne schaut.
Dann klingelt in unserm Schlafzimmer das Telefon. Wir hören ihn, wie er die Treppe hinaufstürzt. Die Aufseher drängen uns mit ihren Maschinenpistolen auf der Terrasse zusammen, damit wir das Gespräch nicht abhören. Was, ruft er in unserm Zimmer in unser Telefon, eine Kamera? Über meinem Bett? Ein russisches Fabrikat? Als er aufhängt, ist er sehr bleich, mit leerem Blick nimmt er das Alka Seltzer von Jane entgegen. Es geht ihm so

eines Tiers entlanggehe. ›Ihre Hand in meiner wird feucht sein. Ja, werde ich leise zu ihr sagen und sie gegen mich drücken, auf dem Hinweg ist viel schlechteres Wetter gewesen. Sie wird nicken. Meine Vorfahren, wird sie, zu mir aufblickend, leise sagen, haben auf dem Berg da oben gewohnt, dort. Sie sind, wenn sie einen Fremden erblickt haben, juchzend ins Tal gestürzt und haben ihn totgeschlagen. Die Mädchen haben sie vergewaltigt, alle.‹ Ich renne jetzt, in einem Wirbel aus Blütenstaub. ›Sie wird sich mit der Hand über die Stirn fahren‹, denke ich, ›und ich mir auch.‹ Ich sehe, daß die Disteln, in denen ich jetzt gehe, zertreten sind. Mein Herz schlägt wieder ruhiger. Ich gehe an Häusern mit Eternitbalkonen vorbei,

schlecht, daß er das Erschießen der Ohrenzeugen zu befehlen vergißt. *Er* kann sich vorstellen, wie die Bilder in der Morgenausgabe der Prawda aussehen werden, aber wir können es nicht so recht. Deshalb geht John zum Kiosk von Corpus Christi, Texas, und holt die neue Nummer. Es ist totenstill auf dem Platz unter unserm Hotelzimmer, man hört nur das Umblättern unserer Zeitung. Da. Seine Freundin sieht nett aus, aber nie hingegen hätten wir gedacht, daß er so viele Pickel hinten auf seinem Hintern hat. Dann lesen wir noch schnell den Wetterbericht für Moskau.

Frauen stehen, mit Gartenscheren im Mund, in den Alpengärten und reißen Unkräuter aus. Ich höre das Knirschen der Krautstiele. Ich grüße einen alten Bauern, der auf einem Futtermittelcontainer sitzt. Er nickt mir zu. Ich gehe an einer ratternden Mähmaschine vorbei, die das Korn, in dem Blutspritzer zu sehen sind, gebündelt hinter sich wirft. Ein Bauer geht mit einem Schreibblock in der Hand hintendrein, er notiert etwas. »In der Nacht, wenn es Vollmond ist, machen sie Messerkämpfe wegen dem Gemeindeholz.« Ein Auto nach dem andern fährt an mir vorbei, und gerade will ich es auch einmal damit versuchen, einem Auto den Daumen hinzuhalten, da sehe ich, neben der Landstraße, die verlöschte Feuerstelle. Ich stochere darin herum. Grüne Buchenschößlinge brechen durch die Asche. Ich richte mich auf. Ich spucke aus. Dann gehe ich weiter, vorbei an Sandkisten für den Winter, an SOS-Telefonen, an summenden Transformatorenhäuschen. Ich singe, diesmal die Oberstimme, diesmal einen Marsch. Ich gehe in meinem Takt, stundenlang, immer schneller singend. Kinder glotzen mich aus den Rückfenstern ihrer Volvos an. Ich mache ihnen eine lange Nase. Da sehe ich die ersten Häuser von Tiefencastel unter mir. Ich springe. »Wenn ich in einer geeichten Sprunggrube ginge, wäre das ein Dreisprungrekord nach dem andern.« Ich schaue in den tosenden Bach hinunter. Autos parken vor den Hotels, vor denen Köche aus Holz stehen, mit Speisekarten in der Hand. ›In den Urzeiten haben sich die richtigen Köche mit ihren Speisezetteln vor die Wirtschaften gestellt, bis endlich einmal ein einsamer Wanderer den Serpentinenpfad hinaufkam‹, denke ich. ›Jetzt stehen auch in den Hotelküchen Köche aus Pappkarton, und das Servierpersonal holt die fertig abgepackten Speisen aus dem Warmhaltefach.‹ Die Luft ist heiß und stickig, Mücken schwirren um meinen Kopf. Ich niese. Ich sehe die Forellen in einem Glasbehälter auf einer Hotelterrasse. Ich überquere die Straße, rutsche den Abhang hinunter, über Gerölle, Kies und Büchsen, dann öffne ich das Gatter. Jetzt, ohne Rucksack, komme ich ohne Schwierigkeiten durch. Ich sehe nach unten, auf die Ebene, die ich jetzt deutlicher erkenne. Ich renne die abfallende Weide hinunter. Frösche und Kröten schnellen vor mir weg. Das Gras federt. Ich gehe wie ein Motor, um Kurven, durch Straßentunnels, durch Klusen, über Baustellen, an Bahngeleisen entlang, an Burgen vorbei, durch staubiges Farnkraut, Kartoffeläcker, Hopfenfelder. Nach vielen Stunden wird das Gelände flacher. »Das dort«, sage ich und deute auf Häuser vor mir, »das muß Chur sein.« Ich gehe in der Mitte der Straße, aufrecht, mit hoch erhobenem Kopf. Autos hupen, und Mädchen mit Schulmappen in der Hand stupsen sich an und deuten auf mich. Sie kichern. Ich strecke ihnen die Zunge heraus. »Ich werde durchs Stadttor hindurchgehen und mitten durch die Boulevardwirtschaften«, flüstere ich, »wenn mir ein Servierfräulein diskret den Ausgang zeigen will, presse ich sie an mich und ersticke ihre Flüche unter meinen Küssen. Ich werde spüren, wie ihr Körper immer weicher werden wird, und vielleicht wird sie mich zu einem Orangina einladen.« Ich renne auf dem Bord der Umfahrungsstraße. »Ich kann es mir ja nicht aussuchen, werde ich zu ihr sagen, nachdem sie sich auf meine Knie gesetzt haben wird. Ja, Geliebter, wird sie flüstern. Ich werde ihr sagen, wir werden Weinbauern werden, oder?« Ich springe über Kuhfladen, über denen Fliegenschwärme surren, ich höre, wie die elektrischen Gehege ticken. »Wir werden jeden Tag um fünf aufstehen, werde ich ihr sagen. Wir werden die Reben hochbinden, jeden Tag unsere zwei Liter trinken, eine wettergegerbte Haut haben, wir werden am Abend vor unserm Weinbauernhaus sitzen. Es ist mein letzter Versuch, werde ich flüstern. Das Mädchen wird mich ansehen. Sie sind mir einer, wird es sagen, ich bin hier Bedienungspersonal, ich habe ein gutes Auskommen, ich habe einen guten Bekannten, aber gegen Sie hätte ich ihn unter Umständen eingetauscht. Aber so?« Ich sehe die Stiere, die über die Wiese traben. Ich gehe in einer Allee mit Pappeln, an den Abhängen rechts und links sind Schlösser und Silos. »Dann, auf meinen Knien, wird das Mädchen zu weinen beginnen, ich und alle Gäste werden auf ihre zerrissene Bluse, das zerfetzte Servierschürzchen, die verweinten Augen, ihre nackten Beine starren. Ach, mit strähnigen Haaren wird sie in den Trümmern des Tabletts, das sie fallengelassen haben wird, stehen. Ich werde sie ansehen. Ich werde hören, wie sie schluchzt. Sie wird auf ihrem neuen Blumenhut herumtrampeln. Dann werde ich davonstürzen.« Ich gehe schnell, ich sehe in den Himmel, in die weißen Wolken hinauf. Die staubigen Gebüsche haben abgebrochene Zweige. Ich gehe durch hochstehendes Getreide, Hafer, Mais. Automatische Bewässerungsanlagen drehen sich in den Bohnenfeldern. Ich sehe einen Bauern, er steigt aus seinem Opel, er öffnet seine Aktentasche, holt ein Meßband heraus und mißt die Hopfenhöhe. Ich schwitze. Meine Füße schmerzen. Ich gehe an Kirschbäumen vorbei, die in riesige Plastictücher eingehüllt sind. Bäuerinnen stehen an langen Tischen, sie wickeln Kirschen in Seidenpapiere und kleben Preisschildchen darauf. Ich grüße. Dann klettere ich über einen Zaun, der das Wild von der Autostraße fernhält. Ich marschiere, Stunde um Stunde, an Lagerhäusern vorbei, dann sehe ich die fernen Häuser von Basel. Ich gehe durch ein Kohlrabifeld, ich glaube, in einigem Abstand niedergedrückte Halme in einem Kornfeld zu sehen. Ich arbeite mich durch ein hohes Gebüsch hindurch, und jetzt sehe ich die gelbe, leuchtende Ebene vor mir. Ich nehme den Filzhut vom Kopf. Breitbeinig stehe ich da. Mein Blick geht suchend über den dürren Boden hin, nach rechts, nach links, dann zucke ich mit den Schultern und gehe los, in die Ebene hinein. Plötzlich bücke ich mich und taste im Dreck am Boden herum. »Das könnte schon ein Schuh Größe 40 sein«, flüstere ich. Schweißwasser rinnt mir den Hals hinunter. Ich wende mich um und sehe ein letztes Mal die Silhouette der Berge, mit den Blitzen, die in die Gipfel zischen. Ich hebe die Hand. Ich drehe mich um. »Wenn es dann nach mir gehen wird«, sage ich laut, »muß der chemische Herr Direktor bei jeder Entleerung seiner Farbkessel im Rhein mitschwimmen, nackt, bis zum Rechen von Kembs. Er muß, rot oder violett, auf der Uferstraße zurücklaufen, bis zu seinem Büro.« Die Getreidefelder haben wie mit Messern abgeschnittene Ränder. Meine Schuhe knirschen im Kies des Wegs. Ich sehe, daß Weinbauern mit Schrotflinten in den Reben stehen. Sie grüßen mich freundlich und lassen mich nicht aus den Augen. Bauernfrauen schleppen Trauben in großen Körben zur Presse, sie schütten sie hinein, und der Bauernvater, der eine Pfeife im Mund hat, setzt das Wasser, den Schwefel und den Zucker zu. Hin und wieder nimmt er einen Schluck aus der Privatflasche, vom Wein, der nicht für den Verkauf bestimmt ist. Mit dem Filzhut, dessen Feder geknickt ist, fächle ich mir Luft zu. Ich höre, von ferne, einen Walzer. Die Trommeln des Schlagzeugers schlagen wie wild. »Das ist Creutzwiller-la-Croix«, rufe ich, »wenn es während des Feuerwehrballs brennt, torkeln die Löschmannschaften johlend in den Flammen herum.« Ich gehe zwischen den Häusern hindurch und sehe, wie die Mädchen Hand in Hand vor der Festhütte warten, bis sie von den Burschen getrennt werden. Ich werde rot. Ich gehe am Gasthof zum Lamm vorbei, an den Häusern mit den Sonnenblumen, den Dahlien, den Astern, den jetzt hochgeschossenen Artischocken. Als ich die letzten Häuser im Rücken habe, singe ich die Walzermelodie, zuerst leise, dann immer lauter. Es geht gut. Ich kann sie prima. Jetzt sehe ich den Rhein. Inmitten von vielen andern Leuten gehe ich auf dem Holzsteg auf das Fährboot zu. Ich zeige dem Zollbeamten meinen Paß. Er starrt auf das Paßfoto, dann auf mein Gesicht. Mit einem geübten Griff überprüft er meine Ohrläppchen, dann gibt er mir mit einem Lächeln den Paß zurück. Ich grinse. Ich gehe auf die Fähre. Ich höre das Tuten des Schiffs. Dann spüre ich in den Füßen, daß die Motoren angelassen werden. Ich gehe langsam auf die Reling zu, ich beuge mich hinüber und sehe nach unten, auf die Autoreifen, auf den Tang, auf die Algenfetzen, die an der untersten Relingstange hängen, ins Wasser. Ich blicke den andern Fahrgästen, die am Geländer stehen, ins Gesicht, einem Mann mit einer Brille, einem Mann mit einem Schnurrbart, einem Mädchen, das eine gelbe Bluse trägt. ›Wenn jetzt das Fährschiff untergehen wird‹, denke ich, ›dann werde ich sie retten und im Ufersand die ersten Wiederbelebungsversuche machen, Mund auf Mund. Ich werde ihr Herz massieren, dreißigmal pro Minute.‹ Ich schaue sie an. ›Ich muß nur noch meiner Mutti sagen, daß sie ihre Reise allein weitermachen muß, wird sie zu mir sagen, nachdem sie die Augen aufgeschlagen haben und in mir ihren Retter erkannt haben wird‹, denke ich. ›Das Herz wird mir bis zum Hals schlagen. Ja, werde ich murmeln. Ich werde sie sehen, wie sie auf eine Frau zugehen wird, die unter dem Ka-

pitän des Fährboots liegen wird, der verzweifelt versuchen wird, sie mit seinem Atem zum Leben zurückzubringen. Bewegungslos werden wir auf die tote Mutter hinabblicken und auf den schnaufenden Käptn, der mit seinen klobigen Händen die Brust der unbekannten Dame kneten wird. Da wird sie ihre Augen aufschlagen, sie wird das Gesicht ihres Retters sehen, langsam werden dann ihre Blicke zwischen ihrer Tochter und mir hin und her wandern. Geht nur, wird sie nach einer Weile sagen, es mußte eines Tages so kommen. Wir werden davonstürzen, eine Wasserspur hinter uns herziehend.‹ Ich gehe über die Landeplanke. Dann renne ich, mit fliegendem Atem, über den Ufersand, über den sandigen Weg. Ich verwende den Laufstil, bei dem ich nur ein Bein belaste. In den Fußspuren, über die ich schnelle, liegt brackiges Wasser. Aus Versehen trete ich in eine, und als ich mich im Weiterlaufen umdrehe, sehe ich, daß mein Fuß wie angegossen hineinpaßt. Ich schmettere sehr laut eine Arie. Schweißbäche laufen über meine Haut.
»Noch einmal«, keuche ich, »und ich tue es wirklich.« Ich gehe wieder langsamer. Ich

klettere, auf allen vieren, die Böschung der Autobahn hinauf. »Der Elefant ist mir deshalb der liebste, weil er den Dompteur zwar zuerst sinnend anblickt, dann aber packt er den Hauptmast des Zirkuszelts und knickt ihn um. Trompetend arbeitet er sich unter den Planen hervor und trottet in die Stadt.« Ich höre die Autos, jetzt sehe ich sie. Ich schätze die Distanz und die Geschwindigkeit. Ich rutsche die Böschung auf der andern Seite herunter. »Ich werde mich für ein vollbetoniertes Deutschland einsetzen, ich verspreche es«, rufe ich zur Autobahn hinauf. Ich gehe auf einem staubigen Weg, in vertrockneten Schlammspuren. Ich schlage ein Rad, dann gehe ich einige Meter auf den Händen weiter. »Ich werde möglicherweise damit beginnen, einen dieser TEES zu entführen. Ich werde das Kommando im Führerstand übernehmen. Vollgas, werde ich sagen, wir wollen hören, wie den Geschäftsherren in den Aussichtswagen die gute Laune vergeht.« Ich schlenkere mit den Armen beim Gehen, meine Achselhöhlen sind naß. Ich hüpfe. »Der Lokomotivführer wird ein alter Mann sein, er wird immer gearbeitet haben. Er wird langsam eine Zuneigung zu mir fassen, und ich werde zugeben können, daß ich nur eine Wasserpistole bei mir habe. Gemeinsam werden wir den Luxuszug in einer scharfen Linkskurve abkoppeln. Während unsere Lokomotive langsam auf den Bahnhof von Darmstadt zurollt, werden wir sehen, wie die Waggons wie eine Feuertraube von einer Brücke stürzen werden. Die Herren werden mit ihren schwarzen Köfferchen drohen, aber schon wird der Zug am Boden aufschlagen und in tausend Stücke zerschellen.« Ich sehe, als ich einige Meter rückwärts gehe, ganz weit hinten eine Gestalt. »Soll ich warten?« frage ich mich. Ich drehe mich um. An einer Walze, die in einem Kohlrabifeld steht, erkenne ich Spuren von getrockneter Erde. Ich kratze ein bißchen davon ab und sehe sie mir an, im Weitergehen. Ich mache einen Handstand. »Der Lokführer und ich werden in die nächste Trinkhalle gehen, wo wir uns zu vielen Bieren einladen werden. Wenn dann der Mann mit den neuen Zeitungen kommen wird, werden wir zusammen die Meldungen von dem neuen gräßlichen Unglück lesen. Wir werden den Kopf wiegen und uns anblicken, dann werden wir schnell noch eine Runde

Bier und Korn bestellen, für uns, den Wirt und den Zeitungsverkäufer.« Ich reiße einen Klee aus und sauge daran. Mit dem Kinn deute ich auf ein Bündel Kleider, das im Getreide liegt. »Mein früheres Haus war auf einer Lichtung, wir waren Forscher und Förster, jahrhundertelang. Aber der Teufel weiß, wo genau.« Ich lache. Ich gehe an flachen Lagerschuppen vorbei, ich sehe aufgestapelte Autoreifen, Ölfässer, Kiesgruben mit Baggern drin, Kundenparkplätze, Leuchtreklamen, gelbe Wegweiser. Der Dunst am Himmel ist nun schon sehr nahe über mir. Die Sonne steht hoch am Himmel. »Früher«, sage ich, »das heißt, jetzt weiß ich nicht mehr, was ich sagen wollte.« Ich renne beinahe, ich gehe auf einem Trottoir und habe, von rotem Licht zu rotem Licht, fast die Geschwindigkeit der Autos. Ein Flugzeug fliegt tief über mich hinweg, mit ausgefahrenem Fahrgestell. Ich sehe zu, wie es, hinter der Autobahn, auf der Piste aufsetzt [16]. Ich stapfe durch das Heidekraut

[16] Zuerst habe ich gedacht, sagt der alte Bauer und saugt an seiner Pfeife, es sind Vögel, hoch oben am Himmel. Er bläst den Rauch über den Tisch hin, über die Rotweingläser, über das Brot. Ich nicke. Wir sitzen,

zwischen den Autobahnzubringerstraßen. Der Helikopter der Verkehrsüberwachung donnert über mir. Ich winke, ich schwenke meinen Hut. Ich presse die Zunge unter die Unterlippe und mache ein Gesicht wie ein Affe. Ich klettere die Böschung hinauf, steige über einen Zaun und gehe unter den ersten Bäumen des Stadtwaldes. Durch das Zwitschern der Vögel höre ich die Geräusche

in der niedrigen rauchigen Bauernstube, vor dem Fernsehapparat, wir schauen das Europapokalspiel an. Seitdem wir wissen, daß der Mittelstürmer mit einem gebrochenen Wadenbein spielt, sind wir höllisch interessiert. Die Bäuerin bringt uns eine neue Flasche Rotwein, sie klemmt sie zwischen die Beine und zieht den Korken heraus. Aber dann, sagt der Bauer, sind die Vögel immer größer geworden, und ich habe gedacht, das sind gar keine Vögel, das sind Menschen. Schreiend sind sie in unsern Vorgarten gestürzt, das heißt, schreiend, bis sie den Boden berührt haben. Dann sind die Flugzeugteile vom Himmel gekommen, der Bug, das Leitwerk, der Flügel. Ich nicke. Ich stopfe mir auch eine Pfeife, dann trinke ich einen Schluck Rotwein. Ja, brummle ich und blase meinen Rauch über den Tisch, ich habe auch nicht gewußt, daß Menschen schneller stürzen als Metallteile. Wir schauen schweigend in den Fernseher. Der da, sagt die Bäuerin, der mit den wilden Haaren sieht aus wie unser Sohn, das heißt, er ist unser Sohn, er spielt in der ersten Mannschaft von Eintracht Frankfurt. Sie schaut mich stolz an. Ohh, sage ich, das ist toll, ich habe einmal ein paar Worte mit Seppe Hügi gewechselt, wenn Ihnen der Autobahnen. Ich lausche. ›Das ist ein Zeisig‹, denke ich, ›und das ein Peugeot.‹ Ich sehe zwei Polizisten auf großen braunen Pferden. Ich grüße. »Es wird nicht einfach sein«, brumme ich und sehe den davongaloppierenden Polizisten nach, »so einem einen Tritt in den Hintern zu geben, so hoch oben.« Ich laufe auf dem federnden Waldboden. Ich mache Känguruhsprünge und

das etwas sagt, er hat fünf Tore gegen Frankreich geschossen, 1955. Wenn wir aufs andere Programm gingen, sagt der Bauer, könnten wir die schreckliche Katastrophe sehen. Er drückt auf die Taste. Ich sehe, flimmernd, das Haus, in dem wir sitzen. Vor der niederen Tür steht der Bauer, neben dem ich sitze, und, tatsächlich, er beschattet seine Augen mit der flachen Hand. Ich folge seinem Blick. Hoch, hoch oben auf dem Bildschirm sind kleine schwarze Punkte zu sehen, wie Vögel, aber jetzt kommen sie näher. Es sind Menschen mit rudernden Beinen und Armen, sie stürzen wie Steine dem Erdboden entgegen, ich sehe ihre offenen Münder, jetzt schlagen sie auf dem Boden auf. Ich schreie. Sie machen noch einen Sprung und dann liegen sie still, zerfetzt. Sie sind tot, denke ich, jesses, sie sind alle tot. Ja, sagt der Bauer, so ist es gewesen, das ist nicht gestellt. Hier sieht man mich, wie ich das Interview gebe, ich sage, wie ich plötzlich gesehen habe, daß hoch oben am Himmel kleine Punkte sichtbar geworden sind, wie Vögel. Wenn wir Farbe hätten im Fernseher, sähe man, daß ich mein rotes Halstuch trage. Es ist grauenvoll. Ja, sage ich, Flugzeuge sollten nicht einfach bersten in neuntausend Meter Höhe, grad singe, hie und da mache ich einen Salto vorwärts. Mit einem weiten Sprung breche ich durchs Waldrandgebüsch und sehe die Häuser Frankfurts vor mir. Meine Augen strahlen. Ich nehme den Hut vom Kopf und streiche mir übers Haar. »Ahh«, rufe ich. Ich schaue mir alles genau an, die Hochhäuser, den Henningerturm, die Qualmwolken über dem Zentrum. Ich singe ein Alpenlied. Zwei junge

noch sitzen alle Leute braungebrannt und glücklich da, und ein Knall, und sie stürzen durch die kalte eisige Leere. Sie sehen, tief unten, die graue ferne Landschaft, sie spüren den zischenden Fahrtwind, während sie kopfüber fallen und die Landschaft grün und größer wird, sie sehen das Bauerngehöft, die Hecken, die Misthaufen, die Bäume. Sie sehen den Bauern unter der Tür stehen. Sie schreien, jetzt wissen sie, sie werden nicht an der Erde vorbeistürzen, sondern darauf. Die Geliebten, die nebeneinander herfallen, brüllen sich zu, daß sie sich auf ewig lieben, und sie versuchen, sich ein letztes Mal im rasenden Sturm bei den Händen zu fassen, aber vergeblich, denn der freie Fall ist nicht steuerbar. Sie schlagen auf, die Geliebte ist ein Haufen Blut und Knochen, es ist furchtbar. Der Bauer schaltet das Programm auf den Fußball zurück. Der Sohn geht am linken Flügel durch und flankt halbhoch zur Mitte, aber dort wissen sie mit dem Ball nichts anzufangen. Ich habe Magenschmerzen und nehme einen großen Schluck. Das haben Sie sehr gut gesagt im Fernsehgespräch, sage ich zum Bauer, ich meine, wie Sie schildern, daß Sie denken, daß es Vögel sind. Der Bauer nickt. Er lächelt. Ich springe auf. Kom-

Männer, die Fahrradketten in der Hand haben, starren mich an. Ich starre zurück. »Was für ein Abenteuer!« Ich schmunzle. Ich sehe nach hinten, aber ich sehe, über dem Stadtwald, allenfalls ein Flirren in der Luft. Ich gehe in einer breiten Allee, zwischen vielen Leuten. »Ich werde ein Fest machen«, schreie ich in den Verkehrslärm hinein, »ich werde einfach die technischen Zeichner von gegen-

men Sie, rufe ich, wir müssen den schwarzen Kasten suchen. Ich renne in den Garten, ich stolpere, in der Dunkelheit, über noch nicht abtransportierte Beine und Köpfe, ich schreie: eine Lampe! Der Bauer kommt angehastet, die Bäuerin trägt ihm die Stallaterne hintendrein. Eben habe ich geträumt, sage ich aufgeregt, wo das schwarze Kästchen sein muß, hier. Ich wühle mich in ein Holundergebüsch. Ich bin zwar Asthmatiker, sage ich keuchend über meine Schulter zurück, ich sollte keine Frühlingspollen einatmen und Holunder schon gar nicht, aber jetzt spielt das keine Rolle mehr. Ich sehe das schwarze Kästchen. Ich nehme es an mich, wir rennen zum Haus zurück. Es riecht süßlich im Garten. Wir verriegeln die Tür. Keuchend stehen wir da, wir haben alle drei drei kräftige Schnäpse verdient. Der Bauer holt die Flasche mit dem Selbstgebrannten vom Kleiderschrank herunter, während ich versuche, den schwarzen Kasten hinten an der Anschlußbuchse des Fernsehers anzuschließen. Da erst sehe ich den jungen Mann mit den wilden Haaren im Lehnstuhl sitzen. Ich denke, sage ich erstaunt zu ihm, Sie spielen jetzt? Was, sagt er, wer? Ich muß mich wohl verhört haben, murmle ich, oder das Spiel ist

183

über einladen, in ihren weißen Schürzen, die Mädchen vom Selbstbedienungsladen, die Kunden der Trinkhalle, die alte Frau vom Geflügelstand, die fußballspielenden Ausländer im Park, den Pförtner des botanischen Gartens, den Neger aus dem Massagesalon, die Frau und den Herrn Metzger, die Buschauffeure. Wir werden essen und trinken: Schnecken mit Knoblauchsauce, Schweine-

eine Aufzeichnung. Jetzt habe ich auch den Kasten angeschlossen und schalte den Fußball aus. Jetzt sieht man, was der Kasten aufgezeichnet hat. Es ist schrecklich. Da sitzen sie im Flugzeug, die Männer und Frauen und Kinder, und dort sitzen engumschlungen die jungen Geliebten. Wir weinen. Wir haben Tränen in den Augen, als das eigentliche Unglück ausbricht, und so sehen wir alles nur undeutlich. Sind es Vögel gewesen, die in die Düsen gekommen sind, oder was, frage ich schluchzend. Die Bäuerin putzt sich die Nase. Der Bauer streichelt ihre Hand. Der Sohn starrt auf den Bildschirm. Nachdem wir eine Weile so geweint haben und der Bildschirm schon lange schwarz ist, stehe ich langsam auf, ich schalte aufs erste Programm zurück. Man sieht gerade den Abpfiff. Der Sohn, falls es der Sohn ist, wird im Triumph von den Zuschauern vom Platz getragen. Er winkt. Ich schaue zwischen dem Fernsehsohn und dem Sohn im Zimmer hin und her, der Sohn im Zimmer lächelt jetzt glücklich, mit geschlossenen Augen, die Eltern schauen ihn glücklich an, und jetzt sehe auch ich, daß er ja noch die Fußballschuhe trägt, mit Dreck an den Stollen, und Gras.

lendchen, mit Knoblauchen gespickt, Bohnen, Salate mit Knoblauchessig, Gorgonzola, Parmesan und Münster, dann eine Coupe Danemark. Es wird Fendant und Veltliner geben, und nach dem Essen, mit vor dem Bauch verschränkten Händen, einen Grappa. Die Herren werden eine Zigarre rauchen, und die Damen auch. Wir werden uns von unseren Leben erzählen. Die Mädchen vom Selbstbedienungsladen werden immer lauter lachen, und selbst die Zeichner werden nach einer Weile ihre weißen Schürzen ablegen. Der Neger wird mit seinen rosa Handflächen auf dem Tisch herumtrommeln, wir werden schon so ungefähr verstehen, was er damit sagen will. Die Frau des Metzgers wird in ihren Laden hinunterstürzen und eine Geheimwurst aus dem Geheimfach holen, wir werden alle ein Stück probieren. Hmm, werden wir sagen, hmm. Plötzlich werden wir aufstehen, wie zu einer Polonaise, wir werden die Treppe hinuntersteigen, alle hintereinander.« Ich gehe über die Mainbrücke. Es windet. Am andern Ufer, in der Moselstraße, gehe ich langsamer. Ich sehe zu den Dächern hinauf. »Die merkwürdigsten Gestalten schleichen da oben herum«, sage ich, »und alle Pelzgroßhändler handeln hier mit Kokain.« Ich starre auf die Kamine. »Dort«, flüstere ich, bleibe stehen und deute auf ein paar abgerutschte Ziegel. Ich nicke. »Dann«, sage ich langsam, während ich zwischen Passanten weitergehe, »werden wir, die Zigarren, Biergläser und Coupe Danemarks schwingend, ins Hotel Intercontinental gehen, zu dem Bankett, von dem wir in der Abendzeitung gelesen haben werden. Alles was recht ist, werden wir rufen, wenn wir sehen werden, wie die Herren im Frack und die Damen mit den Perlenketten miteinander schunkeln. Die Portiers werden uns mit ihren Maschinenpistolen hinausdrängen wollen, aber die Mädchen aus dem Selbstbedienungsladen werden sie ablenken. Den Chefportier, der ein Gesicht wie ein beleidigter Minister machen wird, werden wir dem Neger aus dem Massagesalon überlassen. Wir werden hören, wie er unter dessen geschickten Händen jaulen wird. Wir werden ganz fürchterlich hausen in dem Festsaal. Sie sind ja gräßliche Menschen, werden die Manager rufen, Sie schrecken ja vor nichts zurück. Dochdoch, schon, werden wir antworten, während wir uns daranmachen werden, auch die Gattinnen zu fesseln.« Ich atme langsam und regelmäßig, während ich mich in einer spiegelnden Schaufensterscheibe ansehe, meinen Federhut, meine Haare, meinen Bart, meine Knickerbocker, meine Socken, meine Schuhe. Ich sehe meine Augen [17]. Lächelnd, mit einer eleganten Bewegung, trete ich in ein Geschäft. Ich gebe mit sicherer Stimme meine Anweisungen. Die Verkäuferin, die eine himmelblaue Schürze trägt, bringt mir

---

[17] Er hat einen Damenstrumpf übers Gesicht gezogen, während er lautlos durch die nachtschwarzen Gassen von Triest schleicht, wir aber wissen, es ist Giovanni Battista Oberdan. Aus seinem Walkie Talkie hört er die geflüsterten Anweisungen in dem Code, den die österreichische Geheimpolizei so schnell gar nicht entziffern kann. Ente heißt Kaiser, kommt heißt schwimmt. Sandras Stimme wispert aufgeregt: die Ente schwimmt in fünf Minuten vorbei. Oberdans Herz stockt für einen Moment. Er zieht den Strumpf dichter über die Nase. Unhörbar schleicht er, einer Katze gleich, bis zu der Mauer, unter der die Ente vorbeischwimmen muß. Er klettert hinauf, vorsichtig, sicher. Die Straße unter ihm ist hell erleuchtet. Kinder mit Fähnchen stehen am Straßenrand, Mütter plaudern mit Vätern, gravitätische Polizisten patrouillieren, die Eisverkäufer gehen herum, aus der Ferne hört man die Böllerschüsse, die anzeigen, daß der Kaiser sich auf den Weg gemacht hat. Und niemand sieht Oberdan, unsern Freund, wie er im Dunkeln

braune Halbschuhe, rote Nylonsocken, Hosen mit Bügelfalten, ein Hemd. Sie lächelt. »Es steht Ihnen großartig«, sagt sie. Ich nicke. Ich stecke, für alle Fälle, eine Krawattennadel aus imitiertem Gold ein. »Zahlen Sie bar, oder haben Sie eine Credit-Card?« fragt mich die Verkäuferin, während sie, mit meinen alten Kleidern auf dem Arm, zur Kasse geht. Ich lächle. »Ich kom-

da oben auf der Mauer lauert, einer Raubeule gleich. Die Kinder schwenken k. u. k.-Fahnen. Nur ein einziges, das diese Augen sieht, denkt, es ist der schwarze Mann. Verhängnisvoller Irrtum!
Der Kaiser winkt aus seiner Kalesche, und die Kaiserin ist froh, daß sie für diesen unermeßlich langen Staatsbesuch den Schwamm in die Unterhosen getan hat. Die Menge jubelt. Der Kaiser schmunzelt, es tut ihm wohl, die Fahnen zu sehen, und daß da ein paar eine von den Melodien von dem neuen Komponisten singen, überhört er für einmal. Jetzt sieht auch Oberdan die Kutsche. Sie wird von vier Apfelschimmeln gezogen. Ihre Hufe klappern auf dem Kopfsteinpflaster.
Das Ende der Ente ist nahe, flüstert er in den Walkie Talkie, Ende. Er wiegt ihn wie einen Stein, jetzt zündet er den drangebundenen Sprengsatz an. Er wirft ihn. Schau, Franz, ruft die Kaiserin, als sie den Feuerwerkskörper fliegen kommen sieht. Aber dem Tyrannen in der Kutsche schwant nichts Gutes, instinktiv zieht er den Kopf ein. Es knallt. Ein Pferd stürzt um. Die Geheimpolizisten setzen mit wuchtigen Schritten über die Gartenmauer, während Tyrann und Tyrannin sich aus der

me von auswärts«, sage ich lächelnd, »ich habe nur auswärtige Währungen, im Augenblick.« Dann stürze ich los. Ich höre das Kreischen der Verkäuferin in meinem Rükken, immer entfernter, während ich an den schlendernden Frankfurtern vorbeirenne. Nach der dritten Straßenecke gehe ich wieder langsam. »Ich mache einfach ein Gesicht wie jedermann«, sage ich, »ich weiß schon, warum ich Schuhe mit Gummisohlen

zerbrochenen Kutsche herausschaffen. Der Walkie Talkie liegt neben dem toten Pferd, ach, da Oberdan an seinem Damenstrumpf im Brombeergesträuch hängt, haben ihn die Polizisten auch schon eingeholt. Stolz blickt er ihnen entgegen. Die Freunde zuhause lauschen zitternd am Walkie Talkie. Sie hören ein gewaltiges Lärmen und Schreien, sie ist tot, die Sau, rufen die Leute auf italienisch, dann wieder, es lebe der Kaiser, auf österreichisch. Lucia, Mario und Sandra, in ihrer Dachwohnung, hören und lauschen, wo aber ist ihr Freund? Er steht unter dem Holzbalken, und er spürt den Strick um den Hals. Der Beamte prüft nochmals, wie stark er treten muß, damit die Kiste, auf der Oberdan steht, umkippt. Dann tritt er sie um, und Oberdan, unser Freund, hat nicht einmal Zeit gehabt zu sagen, für Gott und Vaterland.
Beim abendlichen Bankett flüstert die Kaiserin dem Kaiser ins Ohr, ich habe mich schon sehr erschreckt, Gott sei Dank hatte ich den Schwamm. Der Kaiser lächelt. Dann aber hält er die Rede, in der er sagt, daß es nicht angeht, daß immer mehr Untertanen diese Melodie von diesem ausländischen Komponisten singen. Triest bleibt

gewählt habe.« Ich trete in eine Eßhalle. Ich setze mich auf einen Hocker, ich bestelle eine Currywurst. Ich trinke ein Bier. Ich beiße in die Wurst, ich passe auf, daß keine Spritzer meine neuen Hosen versauen. Dann, nachdem der Italiener hinter der Theke meine Krawattennadel als Zahlungsmittel akzeptiert hat, gehe ich weiter. Ich mache hie und da ein paar Stepschritte. Ich gehe am Pelzgroßhandelsgeschäft vorbei, in dessen Hof ich einen Haufen Pelze liegen sehe. Ich überquere die Mainzer Landstraße, bei Grün. Vor dem Restaurant Zur Goldenen Stadt sitzen jetzt Leute an den Tischen auf dem Trottoir, ich grüße sie, dann gehe ich durch die Westendstraße und überquere den Westendplatz. Ich winke der Frau zu, die im Kiosk steht. ›In den Villen hier sind vor allem Managerschulen‹, denke ich und balanciere eine Weile auf dem Trottoirrand, ›hier werden die weinenden Führungsherren abends wieder auf-

---

Triest, schreit er. Dann setzt er sich wieder, unter dem donnernden Applaus der Geladenen. Es gibt Rippchen und Kraut, bei Kaisers und bei Lucia, Mario und Sandra, die aber sehr wenig ißt, weil ihr Geliebter noch immer nicht nach Hause gekommen ist.

gepäppelt.‹ Mit großen, langen Schritten gehe ich durch die Feuerbachstraße. Ich blicke zurück. Ich sehe, daß ich keinerlei Spuren auf dem Asphalt hinterlasse. Ich versuche einen Hürdensprung, mit weit vorgestreckten Armen und Beinen, dann tänzle ich wie ein Basketballspieler weiter. »Na ja«, murmle ich. Ich gehe inmitten von vielen Leuten, die aus den Hochhäusern kommen, gleich schnell wie sie. »Ich werde«, brumme ich, »was werde ich eigentlich?« Es ist heiß. Ich schwitze. Ich wische mir mit dem Ärmel des Hemds über die Stirn. Meine Zehen drücken mich in meinen Schuhen. Ich schlenkere meinen Arm und merke, daß der Stoff unter meinen Achseln reißt. »Ja«, sage ich, »ich habe von diesen modernen Waren gehört.« In einer Traube von Menschen stehe ich in der Bockenheimer Landstraße. Ich grüße einen Bekannten mit einem Hund, der auf der Terrasse des Cafés sitzt. Er winkt. Als die Ampel auf Grün springt, gehe ich, zusammen mit den andern Leuten, über die Straße. Ich gehe vor dem Selbstbedienungsladen vorbei. Ich trete auf den Kanalisationsdeckel. Er dröhnt. Ich schlage ein Rad. Dann, mit rotem Kopf, gehe ich weiter, durch die Myliusstraße. Ich singe laut eine Arie. »Jahrelang habe ich davon geträumt«, singe ich, »wie ich die Treppen werde hochsteigen, in meinen neuen Kleidern, mit meinem braungebrannten Gesicht.« Ich sehe das Haus. Ich winke, immer noch singend. Ich starre auf das Fenster oben beim Balkon. Es ist halboffen. Im Vorgarten, hinter der niederen Mauer, ist das Gras niedergedrückt, wie von einem Sack Zement oder von einem Toten. Ich steige singend die Treppe hinauf, und ich spüre, daß mein Hosenknopf wegspringt. Ich halte die Hose mit der Hand. Das Treppenhaus riecht nach Essen. Ich öffne die Tür der Wohnung, mit offenem Mund trete ich ein, ziehe meinen Hut mit der Feder darauf aus und hänge ihn an den Garderobenständer. Ich schließe den Mund. Ich grunze. Mit einem Tangoschritt gehe ich ins große Zimmer und nehme den Abschiedsbrief, der auf dem Teppich liegt. Ich stecke ihn in den Mund. Ich kaue. Ich schlucke. Dann mache ich mich daran, das Telefon wieder an die Buchse anzuschließen. Ich hebe den Hörer ab, wähle eine sechsstellige Nummer, jetzt, als sich eine helle Mädchenstimme meldet, singe ich in den Hörer hinein. Ich höre ein Knacken. »I shall wait for you, my beloved«, flüstere ich, dann hänge ich ein. Ich stehe auf. Im Vorbeigehen nehme ich die Rotweinflasche von der Kommode und gieße mir ein Glas ein. Mit dem vollen Glas gehe ich zur Terrassentür. Ich öffne sie weit. Ich trete auf den Balkon hinaus und schaue hinunter. Ich atme tief ein. Die betrunkenen Kunden der Trinkhalle, die mich erkannt haben, winken herauf. Ich mache ihnen ein Zeichen und trinke mein Glas aus. Dann schaue ich über die Hochhausdächer der Stadt hin, durch den Dunst, bis hin zum Horizont, an dem schwarze Wolken stehen. Ich sehe Blitze. Ich lächle, mit Tränen in den Augen. Langsam drehe ich mich um und gehe ins Badezimmer. Ich stelle das Wasser ab, mit dem Handrücken prüfe ich die Wassertemperatur. Ich ziehe mich langsam aus und setze mich ins heiße Wasser. Ich seife mich ein, meine Haut wie Elfenbein, meine Lippen wie Blut, meine Haare wie Ebenholz. Seifenwasser rinnt mir in die Augen, blind starre ich, als jetzt das Telefon klingelt, über den Wannenrand [18].

[18] Endlich wird der Jäger dem Reh die Zunge aus dem toten Maul reißen. Aber die Stiefmutter wird mit starrem Blick ihr eigenes Auge im Spiegel betrachten. Immer wieder wird sie fragen, wer die Schönste und Mächtigste sein wird. Ihre Halsschlagader wird mehr und mehr anschwellen vor Neid und Zorn und Wut. Inzwischen wird das junge Mädchen durch den Wald rennen, es wird sich mit seinen feinen Strümpfen in den Brombeerranken verfangen und in die vermoosten Löcher stolpern. Es wird weinen und lachen, wenn es, heftig atmend, mit seinem heißen Körper auf der Lichtung unter den Haselnußzweigen liegen wird. Danach wird es weitergehen, langsamer, Walderdbeeren essend. Plötzlich wird es das Haus sehen. Es wird eine hitzige Begrüßung geben. Sie werden lachen. Sie werden zusammen am Tisch sitzen und das Abendgebet sprechen, denn darauf wird es jetzt auch nicht mehr ankommen. Die Erinnerung an die gräßliche Kindheit im Schloß wird wie weggeblasen sein. Die Freunde werden ins Bergwerk gehen, und das Mädchen wird ihnen derweil die Suppe kochen. Die Vögel werden zwitschern. Die alte Frau, die kommen wird, wird diesmal mit Fußtritten auf den Heimweg befördert. Sie wird vor sich hin drohen, diesmal wird sie keine Wirkung erzielen damit. Schon wird sie vergessen sein. Der berittene glanzvolle Herr, der kommen wird, wird möglicherweise einmal beherbergt werden vom Mädchen, dann aber wird es ihn nach Hause schicken zu seiner Mama, seinem Vorgesetzten, seiner verantwortungsvollen Arbeit. Hinweg mit Euch, wird es ihm sagen, wenn er am Morgen dasitzen wird in seinen langen Flanellunterhosen. Beleidigt vor sich hin brummelnd wird er davonreiten. Kaum wird er jenseits der Lichtung verschwunden sein, daß das Mädchen auch schon mit seinen sieben Freunden Freud und Leid teilen wird. Ihr Juchzen wird

über die Berge hin zu hören sein, in der Ebene, in den Städten, und der Jäger und ein paar andere werden sich auf den Weg machen, angezogen von diesem Geräusch. Sie werden verhungern und verdursten unterwegs, zum Teil. Keiner wird durchkommen, keiner wird die Meldung überbringen können, daß die starre Stiefmutter inzwischen den heimgebrachten Apfel verschlungen hat. Der Jäger wird sich im tiefen Wald, von den Wurzeln und Beeren lebend, ansiedeln, in Hörweite. Er wird sich eine ähnliche Art des Lachens angewöhnen. Die Tränen werden ihm aus den Augen schießen, wenn er ihr wirkliches Gurren von jenseits der Schlucht hören wird. Er wird am Abgrund stehen, mit der schützenden flachen Hand über den Augen, in die untergehende Sonne blickend. Ich werde hierbleiben müssen mit meinen Bauchschmerzen, wird er zu sich sagen, ich werde die Biber fangen und von ihrem Fett leben. Der Jäger wird die Stadt nicht vergessen können, deren Rauch und Qualm er am Horizont erkennen wird. Er wird Brieftauben züchten. In seiner Baumhütte hockend wird er ihnen Liebesbriefe für das Mädchen an die Beine binden, er wird sie losflattern lassen und mit den Armen fuchteln, wenn die blöden Viecher in die falsche Richtung fliegen. Bei günstigem Wind wird er es mit Heißluftballonen versuchen, die er aus Palmenblättern konstruieren wird. In der Baumkrone des höchsten Baumes sitzend wird er sehen, wie sie über den unendlichen Dschungel dahinfliegen, bis in die Steppe, deren Steppengras sie sogleich in Brand setzen werden. Flamingos werden auffliegen. Derweil wird das Mädchen immer noch mit den nimmermüden Freunden auf der Lichtung liegen, es wird so herrlich heiß sein, daß sie längst alle Lendenschürzen eingemottet haben. Sie werden Trauben und Würste essen, und dann werden sie einnicken, alle acht nebeneinander, und gar nichts träumen.

Urs Widmer
Das Paradies des Vergessens
Erzählung. Leinen

Das Paradies des Vergessens, eine Erzählung, die durchaus auch einen Fluch beschreiben könnte, versucht sozusagen die Quadratur des Zirkels: denn wie soll eine Geschichte geschrieben werden, die vom Verschwinden der Erinnerung spricht? Ja, obwohl ohne Gedächtnis gar keine Geschichten erzählt werden können, scheint diese Geschichte, wie ambivalent auch immer, das Erlöschen des Gedächtnisses zu preisen. Wieviel Schreckliches quält den Erinnerungslosen nicht mehr! Aber wie es so geht: Wie ein frischer Frühling wuchern bald ein zweiter und ein dritter Erzählstrang, ein vierter und ein fünfter, und holen das vergessen geglaubte Damals ins Heute zurück. Und Wie! Komisch *und* traurig, ernst *und* in leichtestem Spiel...

»Über Jahre hin hatte ich mir vorgenommen, dereinst so stark zu sein, so voller Fülle, daß ich ein dickes Buch schriebe, in das ich mein Ganzes legte, fünfhundert Seiten, und das ich dann verlöre. Denn das Schreiben ist das Ziel, nicht das Buch...« *Urs Widmer*

Urs Widmer
im Diogenes Verlag

Der Kongreß der
Paläolepidopterologen
Roman. Leinen

Die Geschichte von Gusti Schlumpf, Instruktionsoffizier der Schweizer Armee und Begründer jener Wissenschaft, die sich mit versteinerten Schmetterlingen befaßt, und seiner lebenslangen Leidenschaft zu Sally, der rosigen Kämpferin für die Freiheit.

»Ein grandios versponnener Roman, der in der farblosen Flut der Verlagsprogramme daran erinnert, wozu Literatur fähig ist... Ein romantischer Entwicklungsroman... Ein Klassiker... Eine großartige Satire... Ein abgrundtief witziges Buch.«
Süddeutsche Zeitung, München

Auf auf, ihr Hirten!
Die Kuh haut ab!
Kolumnen. Broschur

»Kolumnen sind Lektüre für Minuten, aber Urs Widmer präsentiert die Inhalte wie eine geballte Ladung Schnupftabak: Das Gehirn wird gründlich freigeblasen.« *Basler Zeitung*

Das Verschwinden der Chinesen
im neuen Jahr
Prosa. detebe 21546

Ein Buch mit vielen neuen Geschichten, Liedern und Bildern zur sogenannten Wirklichkeit, voller Phantasie und Sinn für Realität, »weil es da, wo man wohnt, irgendwie nicht immer schön genug ist«.

Vom Fenster meines Hauses aus
Prosa. detebe 20793

»Eine Unzahl von phantastischen Einfällen, kurze Dispensationen von der Wirklichkeit, kleine Ausflüge oder, noch besser: Hüpfer aus der normierten Realität. Es ist befreiend, erleichternd, Widmer zu lesen.«
Neue Zürcher Zeitung

Das enge Land
Roman. detebe 21571

Hier ist von einem Land die Rede, das so schmal ist, daß, wer quer zu ihm geht, es leicht übersehen könnte. Weiter geht es um die großen Anstrengungen der kleinen Menschen, ein zärtliches Leben zu führen, unter einen Himmel geduckt, über den Raketen zischen könnten...

Shakespeare's Geschichten
Nacherzählt von Urs Widmer und Walter E. Richartz. Mit vielen Bildern von Kenny Meadows. detebe 20791 und 20792

»Ein Lesevergnügen eigner und einziger Art: Richartz' und Widmers Nacherzählungen sind kleine, geistvolle Meisterwerke der Facettierungskunst; man glaubt den wahren Shakespeare förmlich einzuatmen.«
Basler Zeitung

Die gelben Männer
Roman. detebe 20575

»Skurrile Einfälle und makabre Verrücktheiten, turbulent und phantastisch: Roboter entführen zwei Erdenbürger auf ihren fernen Planeten...« *Stern, Hamburg*

Schweizer Geschichten
detebe 20392

»Aberwitziges Panorama eidgenössischer Perversionen, und eine sehr poetische Liebeserklärung an eine – allerdings utopische – Schweiz.« *Zitty, Berlin*

Die gestohlene Schöpfung
Roman. detebe 21403

Modernes Märchen, Actionstory und ›realistische‹ Geschichte zugleich; und eine Geschichte schließlich, die glücklich endet.
»Widmers bisher bestes Buch.«
Frankfurter Allgemeine Zeitung

Indianersommer
Erzählung. Leinen

»Fünf Maler und ein Schriftsteller wohnen zusammen in einer jener Städte, die man nicht beim Namen zu nennen braucht, um sie zu kennen, und irgendwann machen sie sich alle zu den ewigen Jagdgründen auf. Ein Buch, das man als Geschenk kauft, beim Durchblättern Gefallen findet und begeistert behält. Was kann man Besseres von einem Buch sagen?«
Die Presse, Wien

Liebesnacht
Erzählung. detebe 21171

»Ein unaufdringliches Plädoyer für Gefühle in einer Welt geregelter Partnerschaften, die ihren Gefühlsanalphabetismus hinter Barrikaden von Alltagslangeweile verstecken.«
Norddeutscher Rundfunk, Hannover

Alois/Die Amsel im Regen im Garten
Zwei Erzählungen. detebe 21677

»Panzerknacker Joe und Käptn Hornblower, der Schiefe Turm von Pisa und die Tour de Suisse, Fußball-Länderspiel, Blitzschach, Postraub, Untergang der Titanic, Donald Duck und Sir Walter Raleigh – von der Western-Persiflage bis zur Werther-Parodie geht es in Urs Widmers mitreißend komischem Erstling *Alois*.« *Bayerischer Rundfunk*

Die Forschungsreise
Ein Abenteuerroman. detebe 20282

»Da seilt sich jemand (das Ich) im Frankfurter Westend von seinem Balkon, schleicht sich geduckt, als gelte es, ein feindliches Menschenfresser-Gebiet zu passieren, durch die City, kriecht via Kanalisation und über Hausdächer aus der Stadt... Heiter-, Makaber-, Mildverrücktes.« *Der Spiegel, Hamburg*

Das Normale und die Sehnsucht
Essays und Geschichten. detebe 20057

»Dieses sympathisch schmale, sehr konzentrierte, sehr witzige Buch ist dem ganzen Fragenkomplex zeitgenössischer Literatur und Theorie gewidmet.« *Frankfurter Allgemeine Zeitung*

Jakob Arjouni
im Diogenes Verlag

Happy birthday, Türke!
Roman. detebe 21544

»Privatdetektiv Kemal Kayankaya ist der deutschtürkische Doppelgänger von Phil Marlowe, dem großen, traurigen Kollegen von der Westcoast. Nur weniger elegisch und immerhin so genial abgemalt, daß man kaum aufhören kann zu lesen, bis man endlich weiß, wer nun wen erstochen hat und warum und überhaupt.
Kayankaya haut und schnüffelt sich durch die häßliche Stadt am Main, daß es nur so eine schwarze Freude ist. Als in Frankfurt aufgewachsener Türke mit deutschem Paß lotst er seine Leserschaft zwei Tage und Nächte durch das Frankfurter Bahnhofsmilieu, von den Postpackern zu den Loddels und ihren Damen bis zur korrupten Polizei und einer türkischen Familie.
Daß *Happy birthday, Türke!* trotzdem mehr ist als ein Remake, liegt nicht nur am eindeutig hessischen Großstadtmilieu, sondern auch an den bunteren Bildern, den ganz eigenen Gedankensaltos und der Besonderheit der Geschichte. Wer nur nachschreibt, kann nicht so spannend und prall erzählen.«
Hamburger Rundschau

»Er ist noch keine fünfundzwanzig Jahre alt und hat bereits zwei Kriminalromane geschrieben, die mit zu dem Besten gehören, was in den letzten Jahren in deutscher Sprache in diesem Genre geleistet wurde. Er ist ein Unterhaltungsschriftsteller und dennoch ein Stilist. Die Rede ist von einem außerordentlichen Début eines ungewöhnlich begabten Krimiautors: Jakob Arjouni. Verglichen wurde er bereits mit Raymond Chandler und Dashiell Hammett, den verehrungswürdigsten Autoren dieses Genres. Zu Recht. Arjouni hat Geschichten von Mord und Totschlag zu erzählen, aber auch von deren Ursachen, der Korruption durch Macht und Geld, und er tut dies knapp, amüsant und mit bösem Witz. Seine auf das Nötigste abgemagerten Sätze fassen viel von dieser schmutzigen Wirklichkeit.« *Klaus Siblewski / Neue Zürcher Zeitung*

Mehr Bier
Roman. detebe 21545

Vier Mitglieder der ›Ökologischen Front‹ sind wegen Mordes an dem Vorstandsvorsitzenden der ›Rheinmainfarben-Werke‹ angeklagt. Zwar geben die vier zu, in der fraglichen Nacht einen Sprengstoffanschlag verübt zu haben, sie bestreiten aber jegliche Verbindung mit dem Mord. Nach Zeugenaussagen waren an dem Anschlag fünf Personen beteiligt, aber von dem fünften Mann fehlt jede Spur. Der Verteidiger der Angeklagten beauftragt den Privatdetektiv Kemal Kayankaya mit der Suche nach dem fünften Mann...

»Kemal Kayankaya, der zerknitterte, ständig verkaterte Held in Arjounis Romanen *Happy birthday, Türke!* und *Mehr Bier* ist ein würdiger Enkel der übermächtigen Großväter Philip Marlowe und Sam Spade. Jakob Arjouni strebt mit Vehemenz nach dem deutschen Meistertitel im Krimi-Schwergewicht, der durch Jörg Fausers Tod auf der Autobahn vakant geworden ist.« *Stern, Hamburg*

»Jakob Arjouni: mit 23 der jüngste und schärfste Krimischreiber Deutschlands!«
Wiener Deutschland, München

Ian McEwan
im Diogenes Verlag

Ein Kind zur Zeit
Roman. Aus dem Englischen
von Otto Bayer. Leinen

McEwans dritter Roman ist eine politische Erzählung über eine Welt, in der Bettler Lizenzen haben und Eltern darüber aufgeklärt werden, daß Kindsein eine Krankheit ist und mit größter Disziplin behandelt werden muß. Er ist aber auch eine subtile Ergründung von Zeit, Zeitlosigkeit, Veränderung und Alter.

»Ian McEwan bewältigt seine durchaus schwergewichtigen Themen mit Ernsthaftigkeit und gleichzeitig mit jener leichten Eleganz, die typisch für die englische Gegenwartsliteratur ist und der hiesigen leider so sehr abgeht. McEwan scheut sich nicht, dem Roman überraschend eine hoffnungsvolle Wendung zu geben, die die Rettung aus dem allgemeinen Leid in der Überwindung des persönlichen sieht: durch Mitteilen dieses Leids und Lebensbejahung.« *Zitty, Berlin*

»Kein Zweifel: McEwans bisher bester Roman.« *The Spectator, London*

Der Zementgarten
Roman. Deutsch von Christian Enzensberger
detebe 206480

Ein Kindertraum wird Wirklichkeit: Papa ist tot, Mama stirbt und wird, damit keiner was merkt, einzementiert, und die vier Kinder haben das große Haus in den großen Ferien für sich. Im Laufe des drückend heißen, unwirklichen Sommers kapselt sich die Gemeinschaft mehr und mehr gegen die Außenwelt ab, und keiner merkt, daß etwas faul ist.

»Das ist McEwans Kunst: die sachliche Berichterstattung über Groteskes und Absurdes, die Fähigkeit, aus dem Rahmen Fallendes als Gewöhnliches erscheinen zu lassen durch die Gleichgültigkeit und Beiläufigkeit des Erzählens.« *The Times Literary Supplement*

Erste Liebe – letzte Riten
Erzählungen. Deutsch von Harry Rowohlt
detebe 20964

»Die Mehrzahl dieser Geschichten handelt von Jugendlichen und davon, wie sie von der Welt der Erwachsenen verdorben werden. Die Unschuld der Pubertät wird weniger verloren als zerschmettert... Nichts für Zimperliche, aber dieser Stil hat eine lakonische Brillanz, die Bände – andeutet. Nichts wird ausgesprochen, alles wird angetippt.«
Peter Lewis/Daily Mail, London

»Das brillante Debüt des hoffnungsvollsten Autors weit und breit.« *A. Alvarez/The Observer, London*

Zwischen den Laken
Erzählungen. Deutsch von Michael Walter,
Christian Enzensberger und Wulf Teichmann
detebe 21084

»Noch in der erbärmlichsten, entfremdetsten Beziehung finden sich Spuren wirklicher Liebe und des wirklichen menschlichen Bedürfnisses, zu lieben und geliebt zu werden.«
Jörg Drews/Süddeutsche Zeitung, München

»Präzis, zärtlich, komisch, sinnlich – und beunruhigend.« *Myrna Blumenberg/The Times*

»Die sieben Erzählungen sind gegenwartsnah, ein wenig Beckett verpflichtet und etwas Nabokov, aber auch H.G. Wells und George Orwell.«
The New York Times Book Review

Der Trost von Fremden
Roman. Deutsch von Michael Walter
detebe 21266

Hochsommer, die alte Stadt ist von Touristen überschwemmt. Auch das Liebespaar Colin und Mary, das kein Liebespaar mehr ist, macht hier Urlaub. Sie machen sich sorgfältig zurecht für ihren Dinnerspaziergang durch die Stadt: sie parfümieren sich mit teurem Eau de Cologne, mit peinlicher Sorgfalt wählen sie ihre Garderobe… und dann lauert im Labyrinth der beklemmend engen Gassen ein Minotaurus auf sie. Die Kanäle haben Gegenströmungen, die Lagune ungeahnte Tiefen.

»*Der Trost von Fremden* ist ein irritierendes, atmosphärisch dichtes kleines Meisterwerk.«
Neue Zürcher Zeitung

»Ein exzellenter, tückischer Roman.«
Die Weltwoche, Zürich

Andrea De Carlo
im Diogenes Verlag

Macno

Roman. Aus dem Italienischen von
Renate Heimbucher-Bengs. detebe 21754

»Macno, einst Talkmaster im staatlichen Fernsehen, hat sich über Einschaltquoten zum Diktator befördert. Ausgehend von einer konventionellen Kritik an der Allmacht des Fernsehens nimmt der Autor die Idee auf und überdreht sie ohne Hemmungen, bis am Ende eine schrille Geschichte steht, die dennoch verblüffend wirklich klingt. Die gedankliche Abenteuerlust De Carlos hat eine Geschichte hervorgebracht, an die sich deutsche Autoren selbst in zehn Jahren noch nicht herangetraut hätten.« *Tempo, Hamburg*

Yucatan

Roman. Aus dem Italienischen von
Jürgen Bauer. detebe 21911

»Der Roman spielt auf mehreren Ebenen: der topographischen Ebene einer Reise nach Mexiko, der psychologischen einer Selbstfindung des Helden, der ideologischen einer Gegenüberstellung verschiedener Lebenshaltungen. Obwohl das Magische immer wieder in die Geschichte hineinspielt, dominiert es sie nicht. Man kann *Yucatan* auch als Reisebericht lesen. Dies um so mehr, als sich der gleichsam photographische Blick, mit dem der Verfasser gewisse Aspekte des amerikanischen Lebens wahrnimmt, seit der Veröffentlichung seiner Erzählungen *Creamtrain* (1985) und *Macno* (1987) womöglich noch geschärft hat. Bemerkenswert ist nicht nur die Präzision, sondern auch die Wertfreiheit seiner Beschreibungen. Der Verzicht auf die Attitüden eines schöngeistigen Antiamerikanismus versetzt De Carlo in die Lage, ohne Zorn und Eifer bestimmte zeitgenössische Phänomene zu regi-

strieren, die ihren Ursprung auf der anderen Seite des Atlantik gehabt haben mögen, aber nicht auf Amerika beschränkt geblieben sind. Dank seiner Fähigkeit zur Nuancierung erkennt man jedenfalls in *Yucatan* überall die Wirklichkeit wieder, in der wir leben.«
Frankfurter Allgemeine Zeitung

Creamtrain
Roman. Aus dem Italienischen von
Burkhart Kroeber. detebe 21563

»Kritisch äußert sich Andrea De Carlo über seine Erfahrungen in Amerika, die er sich in seinem ersten Roman *Creamtrain* vom Leibe geschrieben hat. Mit diesem Buch, dessen Manuskript sein Sponsor und Lektor Italo Calvino betreute, wurde Andrea De Carlo auf Anhieb zum meistversprechenden literarischen Debütanten.« *Sender Freies Berlin*

»*Creamtrain* ist ein perfektes Buch, sehr gut geschrieben, sehr gut zu lesen. Macht Spaß. Unterhält. Ist cool. Stimmig. Kein Wunsch bleibt offen.«
Der Falter, Wien

Vögel in Käfigen und Volieren
Roman. Aus dem Italienischen von
Burkhart Kroeber. detebe 21386

»Was Andrea De Carlo in seinem Roman ›Vögel in Käfigen und Volieren‹ unternommen hat, ist nichts weniger als die erzählerische Bearbeitung eines der zentralen politischen Themen der zweiten Jahrhunderthälfte, jener merkwürdig imaginäre Krieg, den insbesondere junge Menschen gegen die ›Macht‹, gegen ›das System‹ anzuzetteln versuchten...« *Michael Rutschky*

»Atemlos gelebt, atemlos gelesen. Ein Italiener macht deutschen Romanciers Tempovorgaben. Dabei entstand eine neue Gattung: der Liebeskrimi. Das alles in

einer Sprache, die nicht lange in sich verweilt, aber dennoch fotografisch genau ist. Ein wildes Buch.«
Szene Hamburg

»Eines Tages wird Fjodor Barna, der Held des Romans, aus seiner Ich-Befangenheit herausgerissen, in seinem scheinbaren Stoizismus irritiert durch die Liebe zu dem ebenso schönen wie unberechenbaren Mädchen Malaidina, dessen Anblick ihm das ›Blut verkehrt herum kreisen‹ läßt; und wenn man in Fjodor einen späten Nachfahren von J. D. Salingers Holden Caulfield sehen zu können meint, könnte Malaidina eine Nachfahrin von Holly Golightly aus Truman Capotes *Frühstück bei Tiffany* sein.«
Frankfurter Allgemeine Zeitung